文
景

——————

Horizon

Thomas Bernhard

Die Macht der Gewohnheit

习惯的力量

[奥地利] 托马斯·伯恩哈德 著

马文韬 译

上海人民出版社

目　录

特立独行的伯恩哈德——伯恩哈德作品集总序

托马斯·伯恩哈德（1931—1989）是奥地利最有争议的作家，对他有很多称谓：阿尔卑斯山的贝克特、灾难作家、死亡作家、社会批评家、敌视人类的作家、以批判奥地利为职业的作家、夸张艺术家、语言音乐家等。我以为伯恩哈德是一位真正富有个性的作家。叔本华曾写道："每个人其实都戴着一张面具和扮演一个角色。总的来说，我们全部的社会生活就是一出持续上演的喜剧。"[1]伯恩哈德是一位憎恨面具的人。诚然，在现实社会中，绝对无遮拦是不可能的，正如伯恩哈德所说："您不会清早起来一丝不挂就离开房间到饭店大厅，也许您很愿意这样做，但您知道是不可以这样做的。"[2]是否可以说，伯恩哈德是一个经常丢掉面具的人。1968年在隆重的奥地利国家文学奖颁奖仪式上，作为获奖者的伯恩哈德在致辞时一开始便说"想到死亡，一切都是可笑的"，接着便如他在其作品中常做的那样

1　叔本华：《叔本华思想随笔》，韦启昌译，上海人民出版社，2003年，第106页。

2　Thomas Bernhard, *Gespraeche mit Krista Fleischmann*, Suhrkamp, 2006, p.43.

批评奥地利，说"国家注定是一个不断走向崩溃的造物，人民注定是卑劣和弱智……"，结果可想而知，文化部长拂袖而去，文化界名流也相继退场，颁奖会不欢而散。第二天报纸载文称伯恩哈德"狂妄"，是"玷污自己家园的人"。同年伯恩哈德获安东·维尔德甘斯奖，颁奖机构奥地利工业家协会放弃公开举行仪式，私下里把奖金和证书寄给了他。自1963年发表第一部长篇散文作品《严寒》后，伯恩哈德平均每年都有一两部作品问世，1970年便获德国文学最高奖——毕希纳奖。自1970年代中期，他公开宣布不接受任何文学奖，他曾被德国国际笔会主席先后两次提名为诺贝尔文学奖候选人，他说如果获得此奖他也会拒绝接受。不俗的文学成就，使他登上文坛不久便拥有了保持独立品格所必要的物质基础，使他能够做到不媚俗，不迎合市场，不逢迎权势，不为名利所诱惑，他是一个连家庭羁绊也没有的、真正意义上的富有个性的自由人。如伯恩哈德所说："尽可能做到不依赖任何人和事，这是第一前提，只有这样才能自作主张，我行我素。"他说："只有真正独立的人，才能从根本上做到真正把书写好。"[1]"想到死亡，一切都是可笑的。"伯恩哈德确曾很早就与死神打过交道。1931年，

1　Thomas Bernhard, *Gespraeche mit Krista Fleischmann*, Suhrkamp, 2006, p.110.

怀有身孕的未婚母亲专门到荷兰生下了他，然后为不耽误打工挣钱，把新生儿交给陌生人照料，伯恩哈德上学进的是德国纳粹时代的学校，甚至被关进特教所。1945年后在萨尔茨堡读天主教学校，伯恩哈德认为，那里的教育与纳粹教育方式如出一辙。不久他便弃学去店铺里当学徒。没有爱的、屈辱的童年曾使他一度产生自杀的念头。多亏在外祖父身边度过的、充满阳光的短暂岁月，让他生存下来。但长期身心备受折磨的伯恩哈德，在青年时代伊始便染上肺病，曾被医生宣判了"死刑"，他亲历了人在肉体和精神瓦解崩溃过程中的毛骨悚然的惨状。根据以上这些经历，他后来写了自传性散文系列《原因》《地下室》《呼吸》《寒冷》和《一个孩子》。躺在病床上，为抵御恐惧和寂寞他开始了写作，对他来说，写作从一开始就成为维持生存的手段。伯恩哈德幸运地摆脱了死神，同时与写作结下不解之缘。在写作的练习阶段，又作为报纸记者工作了很长时间，尤其是报道法庭审讯的工作，让他进一步认识了社会，看到面具下的真相。他的自身成长过程和社会经历构成了他写作的根基。

　　说到奥地利文学，在第二次世界大战后，要首先提到两位作家的名字，这就是托马斯·伯恩哈德和彼得·汉德克，他们都在1960年代登上德语国家文坛。伯恩哈德1963

年发表《严寒》引起文坛瞩目，英格博格·巴赫曼在论及伯恩哈德1960年代的小说创作时说："多年以来人们在询问新文学是什么样子，今天在伯恩哈德这里我们看到了它。"汉德克1966年以他的剧本《骂观众》把批评的矛头对准传统戏剧，指出戏剧表现世界应该不是以形象而是以语言；世界不是存在于语言之外，而是存在于语言本身；只有通过语言才能粉碎由语言所建构起来的、似乎固定不变的世界图像。伯恩哈德和汉德克的不俗表现使他们不久就被排进德语国家重要作家之列，并先后于1970年和1973年获得最重要的德国文学奖——毕希纳奖。如果说直到这个时期两位作家几乎并肩齐名，那么到了1980年代，伯恩哈德的小说、自传体散文以及戏剧的成就，特别是在他去世后的1990年代，超过了汉德克，使他成为奥地利最有名的作家。正如德国文学评论家赖希-拉尼茨基所说："最能代表当代奥地利文学的只有伯恩哈德，他同时也是我们这个时代德语文学的核心人物之一。"伯恩哈德创作甚丰，他18岁开始写作，40年中创作了5部诗集、27部长短篇散文作品（亦称小说）、18部戏剧作品，以及150多篇文章。他的作品已译成40多种文字，一些主要作品如《历代大师》《伐木》《消除》《维特根斯坦的侄子》等发行量早已超过10万册，他的戏剧作品曾在世界各大主要剧场上演。伯恩哈德逝世后，他的戏剧作品在不断增加，原本被称为散文作品或小说的《严寒》《维特根斯坦的侄子》《水泥地》和《历代大师》等先后被搬上了舞台。

以批判的方式关注人生（生存和生存危机）和社会现实（人道与社会变革）是奥地利文学的传统，伯恩哈德是这个文学链条上的重要一环。如果说霍夫曼斯塔尔指出了普鲁士式的僵化，霍尔瓦特抨击了市侩习性，穆齐尔揭露了典型的动摇不定、看风使舵的卑劣，那么伯恩哈德则剖析了习惯的力量，讽喻了对存在所采取的愚钝的、不加任何审视和批评的态度。他写疾病、震惊和恐惧，写痛苦和死亡。他的作品让人们看到形形色色的生存危机，以及为维护自我而进行的各种各样的努力和奋斗。这应该说不是文学的新课题，但伯恩哈德的表现方法与众不同，既不同于卡夫卡笔下的悖谬与隐喻，也不同于荒诞派所表现的要求回答意义与世界反理性沉默之间的对峙。伯恩哈德把他散文和戏剧中人物的意图和行为方式推向极端，把他们那些总是受到威胁、受到质疑的绝对目标，他们的典型的仪式，最终同失败、可悲或死亡联系在一起。他们时而妄自尊大，时而失落可怜；他们所面临的深渊越艰险，在努力逃避时就越狼狈。如果说伯恩哈德早期作品中笼罩着较浓重的冷漠和严寒气氛，充斥着太多的痛苦、绝望和死亡，那么在后期作品中，他常常运用的、导致怪诞的夸张中，包含着巧妙的具有挑战性的幽默和讽刺。这种夸张来自严重得几乎令人绝望的生存危机，反过来它也是让世界和人变得可以忍受的唯一的途径。伯恩哈德通过作品中的人物说，我们只有把世界和其中的生活弄得滑稽可笑，我们才能生活下去，没有更好的方法。从这个意义上说，夸张也是克服生存危机的主要手段。

让我们先概略地了解一下他的主要作品的内容，虽然介绍作品的大致情节实际上不能很好地说明他的作品，因为他的作品，无论有时也称作小说的散文，还是戏剧，都不注重情节的建构。

他的成名作是小说《严寒》（1963），情节很简单：外科大夫委托实习生去荒凉的山村观察隐居在那里的他的兄弟——画家施特劳赫。26天的观察日记和6封信就是这部小说的内容，作为故事讲述者的实习生，随着观察感到越来越被画家的思路所征服，好像进入了他的世界。通过不断地引用画家的话，他的独白，展示了他的彷徨、迷惘，他的痛苦和绝望。他不能像他做医生的兄弟那样有成就，因为他的敏感和他的想象使他无法忍受自然环境的残暴。建造工厂带来的污染使他呼吸不畅；战争中大屠杀留下的埋人坑，让他感到空气似乎都因死者的叫喊而震颤。孤独、失败和恐惧使他愤懑，于是他便用漫无边际的谩骂和攻击来解脱。最后他失踪在冰天雪地里。事实表明，他的疾病是精神上的，他整个人都在瓦解，好像在洪水冲刷下大山的解体。

他的第二部长篇《精神错乱》（1967）可以作为第一部长篇的延伸，是直面瓦解和死亡的一部作品。医生欲让读大学的儿子了解真实的世界，便带他出诊。年轻人客观地叙述他所见到的充满愚钝、疾病、苦痛、疯癫和暴力的世界。他所见到的人，或者肉体在瓦解、在腐烂，如磨坊主一家；或者像把自己关在城堡里的、精神近于错乱的侯爵骚劳，他见到医生无法自制，滔滔不绝讲述起世界的可怕和无法理解。这个世界是一座死亡的学校，到处是冰冷、病态、癫狂和混乱，树林上空飞着鲨鱼，人们呼吸的是符号和数字，概念成了我们世界的形式。骚劳侯爵那段长达100多页的独白，像是精神分裂者颠三倒四的胡说八道，实际上是为了呼吸不停顿、为了免得窒息而亡的生存方式。长篇《石灰厂》（1970）的主人公退居到一个废弃的石灰厂里从事毕生所追求的关于听觉的试验。在深知自己无力完成这项试验后，他杀死了残疾的妻子，结束了自己的生命。长篇《修改》（1975）中，家道殷实的主人公不去管理家业，却专心致志耗费大量资金为妹妹造一座圆锥体建筑物，建成后，妹妹走进去却突然死亡。一心想让妹妹在此建筑中幸福生活的建造者，也随之结束了自己的生命。《水泥地》（1982）的主人公计划写一篇关于一位作曲家的学术论文，但姐姐的来访和离去都使他无法安心写作，于是他便出去旅行，期望能在旅行中安静思考。在旅馆里他想起一年半前在此度假的一个不幸的女人，她的丈夫在假期中坠楼身亡。主人公到墓地发现，墓碑上这个男人姓名的旁边竟然刻着那女人的名字。回到旅馆后他心中再也无法平静。音乐评论家雷格尔是《历代大师》（1985）的主人公，定期到艺术史博物馆坐在展览厅里注视同一幅油画。他认为只要下功夫去寻找，任何大师的名作都有缺点，而只有找出他们的缺点，他们才是可以忍受的。他恨他们同时他又感谢他们，是他们使他留在了这个世界上。但当他的妻子去世时，他才发现，使自己生活在这个世界上这么久的其实不是历代大师，而是他的妻子，他唯一的亲人。《消除》（1986）的主人公木劳为拯救他的精神生活，必须离开他成长的家乡。由于父母（当过纳粹）和兄弟遇车祸死亡，他不得不返乡。这次逗留使他看得更清楚，必须永远离开他的出生之地。他决定去描写家乡，目的是打破普遍存在的对纳粹那段历史的沉默，把所描写的一切消除掉，包括一切对家乡的理解和家乡的一切。《消除》使人想起了许多纳粹时代的、人们业已忘记了的罪行。传统的权威式教育，以及天主教与哈布斯堡王朝的合作，伤害了人们的思考能力，奥地利民族丧失了精神，成为彻底的音乐民族。

以破坏故事著称的伯恩哈德，他那有时也被称为小说的长篇散文当然没有起伏跌宕的情节，但是他对人们弱点的揶揄，对世间弊端的针砭，对伤害人性的习俗和制度的抨击，对人生的感悟，的确能吸引读者，让读者在阅读过程的每个片段都能得到启发。比如《水泥地》中对医生的批评，对慈善机构的斥责，对所谓对动物之爱的质疑，以及对不赡养老人的晚辈的讽刺；《历代大师》中对艺术人生的感悟，对社会上林林总总文化现象的思索，对社会进步的怀疑——吃的食物是化学元素，听的音乐是工业产品，以及对繁琐、冷漠的官僚机构的痛斥，等等。伯恩哈德作品的另一特点是诙谐和揶揄，把夸张作为艺术手段。比如对于《历代大师》中对包括歌德和莫扎特在内的大师们的恶评，在阅读时就不能断章取义，也不能停留在字面上，应该读出作者的用心，一方面是让人破除迷信，另一方面以此披露艺术评论家的心态，揶揄他们克服生存危机的方式。他对家乡、对他的祖国奥地利大段大段的抨击也是如此。奥地利不是像作品中所说的纳粹国家，但纳粹的影响确实没有完全消除；维也纳不是天才的坟墓，但这里的狭隘和成见也的确让许多天才艺术家出走。他的小说不能催人泪下，但能让你忍俊不禁，让你读到在别人的小说里绝对读不到的文字，从而思路开阔，有所感悟。

伯恩哈德的戏剧作品中主人公维护自尊自立、寻求克服生存危机的方式，不像他小说的主人公那样，把自己关闭在一个地方离群索居，或在广漠的乡村，或在一座孤立的建筑物中，不能不为一个计划、一个目标全力以赴，其结局或者怪诞，或者遭遇不幸和失败；而是运用仪式和活动，他们需要别人参加，而这些人到头来并不买账，于是主人公的意图、追求的目标往往以失败告终。比如他的第一个剧本《鲍里斯的节日》（1970）中，主人公是一个失去双腿的女人，她把失去双腿的鲍里斯从残疾人收养院里接了出来并与其结婚。女人强烈地想要摆脱不能独立、只能依赖他人的处境，于是便举行庆祝鲍里斯生日的仪式。她从残疾人收养院里请来13位没有双腿的客人，满足她追求与他人处境相同的欲望，对她的健康女仆百般虐待凌辱，并令其在仪式上坐轮椅，通过对他人的贬低和奴役来克服自己可怜无助的心态，通过施恩于更可怜的人得到心理上的满足。这一天不是鲍里斯的节日，而是女主人公的节日，鲍里斯在仪式结束时突然死去。1974年首演于萨尔茨堡的《习惯的力量》中，主人公马戏班班主、大提琴师加里波第，为了克服疾病、衰老和平庸混乱的现状，决定组织一个演奏小组，让马戏班的小丑、驯兽师、杂耍演员以及自己的外孙女同他一起精心排练演出弗兰茨·舒伯特的《鳟鱼五重奏》。他利用自己的权力，恩威并施地去实现这个理想，年复一年怪诞的演练变成了马戏班的常规。目的不见了，习惯掌握了权力。尽管演奏组成员不能挣脱最基本的习性和需求，排练经常变成相互厮打，与意大利民族英雄加里波第同名的马戏班班主成了习惯力量控制的奴隶。在1974年首演于维也纳城堡剧院的《狩猎的伙伴们》中，一位只配谈论死亡供人消遣的戏剧家，在将军的狩猎屋里与将军夫人打牌，谈论将军的重病，以及当初曾为将军提供庇护的这座森林发生的严重虫灾。在斯大林格勒失掉一条胳膊的将军，有权有势的强者，在听到作家告诉他其妻一直隐瞒的真相后开枪自杀了。所谓的生存的主宰者自己反倒顷刻间毁灭，怀疑、讽刺生存境况者却生存下来。剧本《伊曼努尔·康德》（1978）中，日趋衰老的哲学家康德偕夫人，有仆人带着爱鸟鹦鹉跟随，前往美国去治疗可能会导致失明的眼病，在船上遇到各种人物：百万富婆、艺术收藏家、主教、海军将领等。在他们的日常言谈话语中隐藏着残忍和偏执。作为和谐和人道思想代表的康德，在客轮鸣笛和华尔兹舞曲的干扰中开始讲课。除了他的鹦鹉，他的关于理性的讲课没有听众。轮船到达目的地后，他立即被精神病医生接走。《退休之前》（1979）涉及德国纳粹那段历史，曾是党卫军军官的法庭庭长鲁道夫·霍勒尔与其姐妹维拉和克拉拉住在一起，每年都给纳粹头子希姆莱过生日，他身穿党卫军军官制服，强迫克拉拉穿上集中营犯人的囚服。习惯了发号施令决定他人命运的霍勒尔在家里是两姐妹的权威。一个顺从他，甚至与他关系暧昧；另一个虽然恨他，诅咒他，但又不愿意离开这个家。因为他们都习惯了自己的角色，走不出他们共同演的这出戏。在这一年希姆莱生日的这天，霍勒尔饮酒过量把戏当真了，他大喊大叫不再谨慎小心："我们的好日子回来了，我们有当总统的同事，不少部长都有纳粹的背景。"最后因兴奋激动过度，导致心脏病发作倒下。1985年伯恩哈德的《戏剧人》首演，主人公是一位事业已近黄昏的艺术家，带着他的家庭剧团巡演到了一个小村镇，要在一个简陋的舞厅里演出他的大作《历史车轮》。尽管他架子很大，对演员颐指气使，同时嘴上不断把自己与歌德和莎士比亚相提并论，但他的妻子咳嗽不停，儿子手臂受伤。好歹布置好了舞台，观众也来了百十来人，可惜天不作美，一时间电闪雷鸣，观众大喊牧师院子里着火了，随之一哄而散，演出以失败告终。他不自量力地追求声望，终究未能如愿以偿。《英雄广场》》（1988）是伯恩哈德最后一部戏剧作品，犹太学者舒斯特教授在纳粹统治时期流亡国外，战后应维也纳市长邀请返回维也纳，然而当他发现50年来奥地利民众对犹太人的看法并没有任何变化时，便从他在英雄广场旁的住宅楼上跳窗自杀了。其妻在葬礼那天坐在家里，仿佛听到50年前民众在广场上对希特勒演讲发出的欢呼，欢呼声愈来愈响，她终于无法忍受昏倒身亡。教授的弟弟对奥地利这个国家、对奥地利人的批判与其兄相比有过之而无不及，但他是有远见的人，他认为用生命去抗议根本没有用处。

综上所述，我们看到作品中的主人公，或者患病，或者背负着出身的负担，或者受到外界的威胁，或者同时遭受这一切，从根本上危及其生存。于是他们致力于解脱这一切，与出身、传统和其他人分离开来，尽可能完全独立，去从事某种工作，或者追求某种完美的结果。通常他们那很怪诞的工作项目演变成为一种发自内心的强迫，作为绝对的目标，不惜一切代价要去实现，这些现代堂吉诃德式人物的绝对要求、绝对目标最后成为致命的习惯。

关于夸张手法上文已有论述，这里要补充的是，几乎伯恩哈德所有作品中的主人公都有大段的对奥地利国家激烈的极端的抨击，常常表现为情绪激动的责骂，使用的字眼都是差不多的：麻木、迟钝、愚蠢、虚伪、低劣、腐败、卑鄙等。矛头所向从国家首脑到平民百姓，从政府机构到公共厕所。怎样看这些文字？第一，这些责骂并无具体内容，而且常常最后推而广之指向几乎所有国家。第二，这些责骂出自作品人物之口，往往又经过转述，或者经过转述的转述，是他们绝望地为摆脱生存困境而发泄出来的。譬如《水泥地》中的"我"在家乡佩斯卡姆想写论文，多年过去竟然一个字也写不出来，只好去西班牙，于是便开始发泄对奥地利的不满；在《历代大师》中，主人公雷格尔在失去妻子后的悲伤和绝望中，从追究有关当局对妻子死亡的罪责，直到发泄对整个国家的愤怒。第三，这些大段责骂的核心是针对与民主对立的权势，针对与变革对立的停滞，针对与敏感对立的迟钝，针对与反思相对立的忘记和粉饰，以及针对习惯带来的灾难和对灾难的习惯。所以，从根本上说，这些大段的责骂是作为艺术手段的夸张。但是其核心思想不可否认是作者的观点，这也是伯恩哈德作品的核心思想。事实证明，他那执着的，甚至体现在他遗嘱中的、坚持与其批判对象势不两立的立场，对他的国家产生了积极作用：1991年，奥地利总理弗拉尼茨基公开表示奥地利对纳粹罪行应负有责任。

可惜在很长时间里，人们没有真正理解这位极富个性的作家，他的讲话、文章和书籍不断引起指责、抗议乃至轩然大波。早在 1955 年担任记者时他就因文章有毁誉嫌疑而被控告，从 1968 年在奥地利国家文学奖颁奖仪式上的获奖讲话中严厉批评奥地利引起麻烦开始，伯恩哈德就成为一个"是非作家"。1975 年与萨尔茨堡艺术节主席发生争论；1976 年他的书《原因》惹恼了萨尔茨堡神父魏森瑙尔；1978 年在《时代周报》上撰文批判奥地利政府和议会；1979 年，因不满德国语言文学科学院接纳联邦德国总统谢尔为院士而声明退出该院；同年指名攻击总理布鲁诺·克赖斯基；1984 年他的小说《伐木》因涉嫌影射攻击而被警察没收；1988 年剧作《英雄广场》在维也纳上演，舞台上，50 年前维也纳英雄广场上对希特勒的欢呼声，似乎今天仍然响在剧中人耳畔。该剧公演前就遭到围剿，媒体、某些政界人士，以及部分民众群起口诛笔伐，要取消剧作者的公民资格，某些人甚至威胁伯恩哈德要当心脑袋。公演在推迟了三周后，终于在 1988 年 11 月举行，观众十分踊跃。一出原本写一个犹太家庭的戏惊动了全国，乃至世界，整个奥地利成了舞台，全世界是观众。1989 年 2 月伯恩哈德在去世前立下遗嘱：他所有的已经发表的或尚未发表的作品，在他去世后在著作权规定的年限里，禁止在奥地利以任何形式发表。

伯恩哈德去世后，在他的故乡萨尔茨堡成立了托马斯·伯恩哈德协会，在维也纳建立了托马斯·伯恩哈德私立基金会，他在奥尔斯多夫的故居作为纪念馆对外开放。无论在德国还是在奥地利，在纪念他逝世 10 周年暨诞辰 70 周年期间都举办了各种专题研讨会、报告会和展览会。为纪念伯恩哈德诞辰 75 周年，德国苏尔坎普出版社在已出版了 35 种伯恩哈德作品的基础上，于 2006 年又开始编辑出版 22 卷的伯恩哈德全集。

今天人们对伯恩哈德的夸张艺术比较理解了，对他的幽默也比较熟悉了，他的书就是要引起人们注意那些司空见惯的事物，挑衅种种习惯的力量，揭示它们的本来面目。正如叔本华所说："真正的习惯力量，却是建立在懒惰、迟钝或者惯性之上，它希望免去我们的智力、意欲在做出新的选择时所遭遇的麻烦、困难，甚至危险。"[1] 比如某些思想和观念不动声色的延续。"二战"后，人们在学校里悄悄地用基督受难像取代了希特勒肖像，但权威教育没有任何改变。他认为，从哈布斯堡王朝到第三帝国直到今天，都在竭力繁荣那艺术门类中最无妨害的音乐，在动听的乐曲声中几乎没有人发现奥地利很久没有出现像样的哲学家了。"延续不断"是灾难，而破坏、断裂则是幸运。当人们不是从字

1　叔本华：《叔本华思想随笔》，韦启昌译，上海人民出版社，2003 年，第 100 页。

面上，而是深入字里行间，真正理解了他的夸张艺术手段时，便会发现伯恩哈德作品中体现出来的现代精神。他那十分夸张的文字，有时精确得难以置信。1966年他曾写道，我们将融合在一个欧洲里，这个统一的欧洲将在下一世纪诞生。欧洲的发展进程证实了他的预言。难怪著名奥地利女作家巴赫曼早在1969年评价伯恩哈德的作品时就说："在这些书里一切都写得那么准确……我们只是现在还不认识这写得那么准确的事情，就是说，还不认识我们自己。"

伯恩哈德的书属于那种不看则不想看，看了就难以释手的书。

德国文学评论家赖希-拉尼茨基说："有些人读伯恩哈德觉得难受，我属于读他的作品觉得是享受的那些人之列。"[1]他还说："有人为奥地利文学造出一个新概念：伯恩哈德型作家，这是有道理的。耶利内克、盖·罗特和格·容克，这些知名作家经常在伯恩哈德的影响下写作。"[2]

巴赫曼评价伯恩哈德的书时说："德语又写出了最美的作品，艺术和精神，准确、深刻和真实。"[3]

耶利内克在1989年悼念伯恩哈德逝世时说："伯恩哈

1　Marcel Reich-Ranicki, *Der doppelte Boden*, Frankfurt, Fischer, 1994, p.63.

2　Marcel Reich-Ranicki, *Der doppelte Boden*, Frankfurt, Fischer, 1994, p.139.

3　Ingeborg Bachmann, *Werke*, Muenchen, Piper, 1982, Bd. 4, p.363.

德是独一无二的，我们，是他的财产。"[1]

伯恩哈德是位享誉世界的作家，同时也是位地道的奥地利作家。疾病几乎折磨了他一生，他生命的最后 10 年可以说是命运的额外馈赠，疾病磨砺了他的目光，锻炼了他的语言。正如耶利内克所说，将他变成了奥地利的嘴，去做健康者始终觉得是不得体的事：诉说这个国家的真相。奥地利的传统，尤其是哈布斯堡帝国的历史，在他身上留下了深刻的烙印，他对奥地利的批评是出自那种真正的恨爱，正是由于对奥地利的不断的批评，奥地利早已成为他生活中不可或缺的内容。尽管谁拼命地想要属于她，她就首先把谁给踢开。上奥地利是他的家乡，维也纳是他文学活动的主要场所。家乡的许多地方与他书中人物联系在一起，书中的许多场景散发着维也纳咖啡的清香。伯恩哈德书中的语言，词语的选择和构造，发音和语调，都是典型的奥地利式的，他自己曾说："我的写作方式在德国作家那里是不可想象的，顺便说一下，我当真很讨厌德国人。"[2] 顺便说的这半句就没有必要了，这就是伯恩哈德，一个极富个性的奥地利人。他的书对我们了解奥地利这个国家和她的人民是很有帮助的。这也是译者译他的书的原因之一。

1　Sepp Dreissinger, *13 Gespraeche mit Thomas Bernhard*, Weitra, 1992, p.159.

2　Sepp Dreissinger, *13 Gespraeche mit Thomas Bernhard*, Weitra, 1992, p.112.

我读伯恩哈德以来，已过去几十年，对其作品的了解在逐渐加深。首先，他喜欢大量运用多级框形结构的长句，加上他的夸张手法，他的幽默和自嘲，让你不得不反复去读，才有可能吃透他要表达的意思，才能咂摸出他作品个中滋味。他的作品文字并不艰深，结构也不复杂，叙述手段新奇而不怪诞，但是，想完全读懂伯恩哈德实属不易。赖希-拉尼茨基曾多次称，面对伯恩哈德的作品他感到发憷，他甚至害怕评论他的作品，因为找不到一种尺度去衡量，他说，伯恩哈德不是我们中的一个，他太独立特行，是极端的另类。

我们可能暂时还读不透他的书，或者可能常常误读他，但有一点是肯定的，我们在他的书中往往能读到在别的书中读不到的东西，他的书让我们开阔眼界，让我们重新考虑和认识那些司空见惯的事物。读他的书你不能不佩服他写得真实，他把纷乱和昏暗的事物照亮给你看，他运用的照明工具就是夸张和重复。为了真实表现世界，他从来都走自己的路，如果说他的书中也涉及爱情的话，他决不表现情色和性欲，他的文字绝对干净，他这样做可能未免太夸张了，但他的书就是要诉之于你的头脑，启迪你思考，而不追求以种种手段调动你的情愫。他是一位令人难以忘怀的作家，他去世了，但仿佛他仍在创作，因为他的戏剧作品在不断增加，他的小说《维特根斯坦的侄子》《历代大师》等，都在他去世后相继作为戏剧作品被搬上舞台。2009 年年初，他生前未发表的作品《我的文学奖》一问世，便登上了畅销书排行榜首位，之前，曾在《法兰克福汇报》上连载。

伯恩哈德离开这个世界已经 30 多年了，但是他的感悟、他的观点仍然能触动我们，令我们关注，他的确是一位属于未来的作家。

马文韬

2009 年春于芙蓉里

2023 年春修改

习惯的力量

我自己年轻的时候曾在索邦和

喜剧之间动摇不定，难以选择。

——狄德罗

……但是预言家一族业已消失了……

——阿尔托[1]

---

1 安托南·阿尔托（Antonin Artaud, 1896—1948），法国剧作家、诗人和超现实主义理论家，对荒诞派戏剧有重大影响。——译者注，全书下同

人　物

加里波第

（马戏团老板）

外孙女

杂耍

驯兽师

小丑

加里波第马戏团活动房

第一场

[左面一架钢琴

前面立着四个乐谱架

大箱子，桌子，上面放着一台收音机

扶手椅，镜子，照片

鳟鱼五重奏乐谱在地上扔着

加里波第在箱子下边寻找着什么

杂　要　　[上场

您在那儿做什么

五重奏乐谱在地上

加里波第先生

明天奥格斯堡 [1]

不是吗

加里波第　　明天奥格斯堡

杂　要　　多好听的五重奏

[捡起乐谱

---

[1] 奥格斯堡（Augsburg）是德国一个古老的城市。"明天奥格斯堡"（Morgen Augsburg）是加里波第经常挂在嘴边上的一句口号，用以提醒和激励员工和自己排练《鳟鱼五重奏》。为什么是奥格斯堡，而不是别的地方？很可能是因为语音。德文中这两个单词开始的音节都是开口大、声音响亮的元音。

我呢

收到了法国来信

[将乐谱放到一个乐谱架上

您想想看

还有一笔保证金

经验证明

不应该立刻就接受

一次招聘

[把乐谱架上的乐谱摆正

在波尔多主要是

白葡萄酒

您在那儿到底找什么呢

加里波第先生

[拿起靠在乐谱架上的大提琴，用右胳膊袖

子抹去上面的尘土，重新靠在乐谱架旁

落满了尘土

一切都落满了尘土

我们演出的这个地方土多

加上又刮风

常常尘土飞扬

加里波第　　明天奥格斯堡

杂　耍　明天奥格斯堡

为什么我们要演奏

而且要演奏鳟鱼五重奏

舒伯特的鳟鱼五重奏

我问自己

为什么我要问自己

这是您的事情

加里波第先生

加里波第　明天奥格斯堡

杂　耍　明天奥格斯堡

当然

大提琴

不过就拿出来

那么短短的几次

[吹上边的尘土

这是漫不经心

加里波第先生

[拿起大提琴

马吉尼大提琴

不是吗

不

是萨洛

所谓

费拉拉大提琴

[又把大提琴靠在乐谱架旁，退回一步，瞧
着大提琴

一把珍贵的

乐器

但是自然不仅仅能在

铺设沥青的场地上

演奏

在阿尔卑斯山北麓

萨洛

费拉拉大提琴

阿尔卑斯山南麓

马吉尼

或者

下午五点前

马吉尼

下午五点后

费拉拉大提琴

萨洛

[用嘴吹大提琴上的土

正在消亡的职业

[忽然对加里波第

您到底找什么呢

加里波第　松香

　杂　耍　松香

当然

松香

总是找松香

因为您的手指也不听使唤了

这是乐师常见的毛病

有名的手指乏力症

您就没有

第二块松香

备用的松香

小时候

您知道的我拉

小提琴

小时候

我有两个翠绿色的小盒子

每一个小盒里

31

都有一块备用的松香

重要的物件

总是

要有储备

您知道吗

一个训练有素的乐器演奏师

必须有

备用的松香

加里波第 明天在奥格斯堡

杂　要 明天在奥格斯堡

加里波第先生

加里波第 一定是在箱子下边

杂　要 ［弯身朝箱子底下看

在波尔多

有一项长达五年的合同

等着我去签

加里波第先生

我那耍盘子的节目

就是一个地道的法国节目

左手六只

右手八只

您得知道

还有

音乐伴奏

在节目开始后

音乐缓缓响起

另外

还有服装补贴

今天我穿了

一套新服装

加里波第先生

巴黎的丝绒

巴黎的绸缎

亚历山大牌的

告诉您说

瞧这里子做工多精致

[突然地

您看啊

那儿

松香在那里

[起立

加里波第　在那里

33

[从大箱子底下拿出松香

　杂　耍　　您应该在奥格斯堡

　　　　　　再买一盒

加里波第　　明天在奥格斯堡

　杂　耍　　在波尔多

　　　　　　人家期待着我的到来

　　　　　　鼎鼎大名的萨拉萨尼马戏团

　　　　　　有这样的机遇

　　　　　　无论什么时候

　　　　　　都是荣耀

　　　　　　高级别的

　　　　　　加里波第先生

　　　　　　从波尔多

　　　　　　一直到葡萄牙

　　　　　　里斯本

　　　　　　波尔图

　　　　　　您知道吗

　　　　　　[加里波第拿着松香走向大提琴，坐下，用

　　　　　　松香擦弓弦

　　　　　　对一个不懂法语的

　　　　　　杂耍演员来说

一点都不懂

但我

会讲法国话

法语

是我妈妈的母语

帕布洛·卡萨尔斯

蜚声世界乐坛的提琴大师

就经常备有

五六块松香

明天在奥格斯堡

加里波第　明天在奥格斯堡

　杂　要　我的母亲

一位极不寻常的女人

在南特

退出了教会

加里波第　〔均匀地用松香擦着弓弦

这松香

动不动

就脱手了

掉在了地上

　杂　要　手指乏力

35

加里波第先生

很可能是

衰老的症候

加里波第　　再买一盒松香

　杂　耍　　我都说了好几年了

买一盒

再买一盒松香

加里波第　　明天在奥格斯堡

　杂　耍　　箱子下面

[用手指着箱子下面

那里

[杂耍和加里波第朝箱子下面看

总是往箱子下面跑

朝那个地方

这倒挺有意思

手指乏力

加上万有引力定律

加里波第　　一两年以来

我的手

握松香就吃力了

　杂　耍　　您的手

习惯握鞭子

不习惯握松香了

加里波第先生

[加里波第解开燕尾服前襟的扣子

杂耍跳起来，够到墙上挂歪了的镜框，将

其扶正，又跳起来把第二个扶正，重又坐下

我这一整天都在想

您排练五重奏有多久了

十五年

或者甚至二十年

就我的回忆

自从我来到您这里的

第一天起

我记得

您就坐在扶手椅上

练习演奏鳟鱼五重奏

加里波第　鳟鱼五重奏

我练习了

二十年

确切地说

已经是第二十二年了

这是一种治疗方法

您知道吗

我的大夫跟我说

您演奏一种乐器

一种弦乐器

用这个法子

治疗您精力无法集中的

毛病

杂　耍　我知道

您最怕

集中不了注意力

加里波第　注意力

可不能松懈

想当年

二十二年前了

我的精力

突然无法集中

抽鞭子

一点准头也没有了

您懂吗

一点准头也没有了

怎么也抽不到点子上

杂　要　马匹不再有反应了

加里波第　没有准头了

达不到所要求的精确度

现在我已经

确切地说

我已经练习了二十二年大提琴

杂　要　二十二年

鳟鱼五重奏

[加里波第长时间拉着低音

一个艺术家

掌握一门技艺

需要第二种技艺

这一种

来自另一种

这一些技巧

来自另一些

加里波第　[递给杂耍右手

在这只手里

您看到了我的不幸

我总是把松香弄掉

[收回他的手

头脑

不能

集中注意力

突然

人就不能聚精会神了

只剩下对杂技的热爱了

杂　耍　当然

艺术

其实就是相互作用

杂技

艺术

艺术

杂技

您明白吗

我很想知道今天的

排练是否能进行

您的外孙女

病病歪歪的

小丑

嗓子发炎

驯兽师

今天又成了他那抑郁症的

牺牲品

抑郁症加里波第先生

这是术语

医学术语

加里波第　最近那次排练

哪里是什么排练啊

是地地道道的丑闻

我可不愿意

再经历这种情形

[长时间拉着最低那个音

喝得醉醺醺的驯兽师

站起来都费劲

小丑头上的帽子

总是往下掉

外孙女的生存境况本身

就让我头疼心烦

那光景简直不堪回首

杂　要　星期三总是

糟糕的一天

41

星期六

也不是什么好日子

就是动物

星期三

也与星期六不同

星期六也和

星期三有差别

但是人不一样啊

加里波第先生

尤其是杂技演员

艺术家

可以期望

他们有自控能力

加里波第　要是哪怕

只有一次能成功

哪怕只有那么一次

完整地演奏一遍

鳟鱼五重奏

只有一次能奏出完美的音乐

那该多好啊

杂　耍　艺术作品

加里波第先生

加里波第　将排练

　　　　　变成艺术

　杂　耍　中间不要生出什么变故

　　　　　一部多么好的艺术作品

加里波第　如此高雅的艺术

　　　　　您要知道

　　　　　在这二十二年里

　　　　　没有一次

　　　　　能不出错地

　　　　　排练上一遍

　　　　　鳟鱼五重奏

　　　　　更不要说把它作为艺术品

　　　　　从头演奏到结束

　　　　　总是有那么个人

　　　　　把一切都破坏了

　　　　　要么是不加小心

　　　　　要么是卑劣的别有用心

　杂　耍　是无法集中精力

　　　　　加里波第先生

加里波第　有一回是由于小提琴

有一回是中提琴

有一回是低音提琴

有一回是钢琴

然后是我又犯了

不幸的背痛的毛病

您要知道

我痛得身子蜷缩成一团

于是艺术作品也就付之东流了

真是防不胜防

往往是刚把小丑调教好

把握好他的乐器

驯兽师又趴在钢琴上

昏头涨脑

或者我的外孙女

拉中音提琴

已经十年了

上个星期二

手竟然扎了刺

痛得脸都扭曲了

还能演奏什么舒伯特

更不要说鳟鱼五重奏了

我就是搞不懂

投身音乐艺术

怎么就如此困难

[在大提琴上拉出一长音

可惜我自己不能

演奏五重奏

这是五重奏啊

[在杂耍说话时加里波第一直用松香摩擦弓弦

杂　耍　一方面对我现在的工作

怀有强烈的忠诚感

另一方面波尔多

法国加里波第先生

额外还有服装补贴

您懂吗

整个冬天

在豪华的地中海海岸里维埃拉

来来往往地演出

还可能与

我姐姐一起登台

[加里波第手上的松香又掉了

杂耍捡了起来

在法国

一切都不一样

加里波第先生

那里好得难以想象

真所谓美不胜收

您知道

在大西洋海岸

吃着各种海鲜

喝着波尔多白葡萄酒

这种日子是我的最爱

[递给加里波第松香

德国话

能让你逐渐变蠢

德国语言

使你头脑压抑

[抓着自己的脑袋

加里波第拨着大提琴琴弦

杂耍打量着加里波第

额外的服装津贴

诱人的美味佳肴

还有法国的新鲜空气

加里波第先生

[加里波第在大提琴上拉出一长低音

杂耍更加注意地打量他

卡萨尔斯就是以上身的

这种姿势达到了

他事业的高峰

[加里波第弹拨大提琴

空气频繁地变化

一会儿阿尔卑斯山北

一会儿阿尔卑斯山南

这对乐器害处不可低估

必须不断地去调音

而且不断地视情况的变化

改变调音的尺度

每个地方

每种空气条件下都不一样

加里波第　都不一样

杂　耍　所谓室内音乐

在您的家庭

在我的家庭也是一样

[加里波第在大提琴上拉出一低音

47

始终是

鳟鱼五重奏

您本人说

在布拉格听到的最好

在慕尼黑啤酒节上听到的

最差

加里波第　明天奥格斯堡

杂　要　在慕尼黑啤酒节上

〔加里波第拉出一低音，然后弹拨琴弦

艺术

对另一种艺术来说

是手段

〔思忖着

我总是最后一个表演

还在我表演耍盘子时

就开始拆卸帐篷了

〔看着并用手指着上方

因为我得往上看

于是我发现

人们在拆卸帐篷了

观众自然觉察不到

48

这个情况

[加里波第弹拨琴弦

观众的注意力

对准了我

[走过去把镜框和镜子扶正

有一个法国母亲

实在好处多多

如您所知

我父亲出生在德国的盖尔森基兴

是一个很不幸的人

有一段时间

在造船厂干过

[突然地

能一次耍十八只盘子时

我停下来不再增加了

我忽然感到害怕

加里波第先生

[瞧着加里波第的前胸

您的马甲弄脏了

加里波第先生

[加里波第在大提琴上拉一低音

您的马甲弄脏了

加里波第先生

加里波第　要是一个人整天

在地上爬来爬去

到处寻找

寻找松香

[在杂耍说话时，拿起松香摩擦弓弦

杂　耍　人家提供我机会

在鲁昂的疗养地表演

整个晚上

由我一个人单独登场

您懂吗

我个人的专场

除了耍盘子节目

还加上一个卷毛狗的节目

与玩具狗一起表演

加里波第　您与玩具狗同台表演的那个节目

杂　耍　我这个玩具狗节目

您一直禁止我演

我为它花费了整整两年时间

结果您不让我演

在鲁昂我终于可以表演这个节目了

人家还同意让我姐姐

作为我的助理一起上场

萨拉萨尼马戏团

加里波第先生

您的口头禅就是那两个字

走开

不是停留

不是停留

是走开

[大声说

我去法国了

加里波第先生

加里波第　　[弹拨琴弦

明天奥格斯堡

杂　　耍　　明天奥格斯堡

[把镜框扶正

萨拉萨尼马戏团

加里波第先生

[加里波第在大提琴上拉出一低音

其实我要离开这里

根本不是因为耍盘子节目

也不是我非要怎么样

是小提琴

加里波第先生

是鳟鱼五重奏

少了我就演奏不了

您强迫我

[加里波第弹拨琴弦

拉小提琴

有一回我情绪十分低落

那时我讲过

我小时候曾学过小提琴

一不小心泄露了这段经历

说者无意听者有心

于是您强迫我

不由分说地让我返回童年时代

又去拉小提琴

[加里波第在大提琴上拉出一低音

您的外孙女

您强迫她拉中音提琴

强迫小丑拉低音提琴

您的侄子驯兽师

您强迫他弹钢琴

[大声地

强迫

强迫

[把墙上一面镜子扶正，仿佛以此让自己镇

静下来

您明明知道

您的侄子最恨的事就是弹钢琴

[突然指着房门

就是通过这道门

您的牺牲品鱼贯而进

加里波第先生

您的工具

加里波第先生

不是人

是工具

[指着钢琴

您的侄子

我们的驯兽师

有一回甚至

想用斧子

砸毁钢琴

他没有能这样做

尽管斧子已抡到空中

是我阻止了他

您侄子是多么粗暴的一个人

这您不会不了解

您自己曾说

他是畜生

我说

不他不是

也许是一时的神志迷乱

可是让我们想象一下

那钢琴被砍得乱七八糟的样子

您想想看

被您骨肉至亲的侄子

砸毁的钢琴

头疼

头疼

[抓自己的脑袋

我把您侄子手中的斧子

夺了过来

那时我对待您的侄子

如同您侄子对待他那些所谓野兽

我朝他走过去

[加里波第在大提琴上拉出一低音

我耐心劝说他

安慰他还答应他

[加里波第抬起头

把我那玩具狗节目的秘密

泄露给他

就这样

[表演当时的情景

您的侄子把斧子

举过头顶

一斧子就会把钢琴砸个稀巴烂

对他来说这再轻而易举不过了

您知道他的力量

他的果断

[拿起一乐谱架吹掉上面的灰尘

加里波第在大提琴上拉出一声很长的低音

但是我没有

信守我的诺言

因为您威胁我

如果我把玩具狗节目的

诀窍

或者更确切地说

技巧

告诉了您的侄子

您就开除我

我还要依赖您的帮助

耍盘子节目

还没有发展到

我可以拿它自立门户的程度

我不会顶撞您

我不敢这样做

我不能敲诈您

是您敲诈了我

我又听任您的摆布了

您独断专行

您曾说过

我侄子

只要我坚持

他就会练习钢琴

[指着一个角落

在那个角落里

您说过这话

于是这事情就是板上钉钉

无法更改了

[拿起乐谱本吹掉上边的尘土

您控制您的侄子

您的外孙女

小丑演的那些滑稽节目

耍的那些个把戏

也是因为您强迫他那样做

难道不是吗

这里所有的人

都听任您的摆布

假设这些人敢于违抗

不来排练

不来演奏鳟鱼五重奏

但他们没有这个胆量

不敢如此大逆不道

[加里波第弹拨大提琴

这些人

都听任您的摆布

因为他们一无所有

只好受您支配

即使我也从来没有勇气

不来演奏

[坐下

相反

我还鼓动其他人来这里

来练习演奏

[抓自己的脑袋

我这个没有出息的人

怎么会这样动摇不定

坚定不移

这是您的词语

精确

坚定不移

这是您的观点

自然您的这种癫狂行为

也让您自己不好受

您也由于自己的肆无忌惮

而感到痛苦

加里波第先生

归根结底

是因为您的背部疼痛

和您那只木头假腿

加里波第	明天奥格斯堡
杂　要	打从儿童时代起

您的健康就受到损害

您脑袋里头

太敏感了

加里波第先生

[突然激动地

这个世界

被病人和残疾人控制

一切都控制在病人

和残疾人手中

这是一出多么精彩的喜剧

这是恶毒的侮辱

[加里波第在大提琴上拉出一低音

如果一个人像我一样

认可十几年

为一位天才服务

一切

[加里波第大声笑起来

所做的一切

得到的回报

就是这样的笑声

[从外衣兜里掏出一封信

但是现在

我有了这样一封

法国来信

萨拉萨尼马戏团老板亲自

写信给我

[加里波第停止笑声

杂耍煞有介事地把信举过头顶

谁一辈子

能得到这样一份工作

谁

加里波第 [在大提琴上拉出四声短音，然后把琴推

开，但并没有松手，命令地

马吉尼

不是

萨洛

您听不懂吗

我要费拉拉

[杂耍把加里波第的大提琴拿走

加里波第发号施令

费拉拉大提琴

[杂耍带马吉尼大提琴到箱子旁，取出所谓

费拉拉大提琴，把马吉尼放进去

完美

完美

您懂吗

这是唯一

[杂耍递给加里波第所谓费拉拉大提琴

我的侄子

我的外孙女

是些什么人哪

帕布洛·卡萨尔斯

是个什么人

[高声地

什么样人

什么造物

61

都是些什么胡闹和荒唐

每一个人本身

都是不幸的

小丑先生

是个多么荒唐的家伙

外孙女小姐

所有这些人

无论是亲戚还是外人

都只会花我的钱

钱

还有耐心

这些人让你一辈子

神经得不到安宁

[在大提琴上拉出一低音

杰出的提琴演奏大师卡萨尔斯

是这样

[用松香摩擦弓弦

每逢我看见

我那侄子驯兽师

我就想

我见到的是愚蠢和残暴在行走

每逢我看见小丑

仿佛见到弱智在散步

弱智

总让帽子滑落

每逢见到我的外孙女

就是见到了她母亲的卑劣

把琴给我

[从杂耍手里把他拿了一会儿的大提琴接过

来，免得它落在地上

弱智

是的

卡萨尔斯

或者叔本华

您懂吗

或者柏拉图

[拉出一长低音

我也曾梦到过

我来到了天使住的地方

却不知道

那地方是个啥模样

就只知道是天使住的地方

就是这样

还能怎样

您懂吗

您以为

能从这儿离开

［大声地

跟我奢谈什么萨拉萨尼

这算怎么回事嘛

您在这里

在我的团里表演耍盘子节目

在这个广场上

您完善了您的技艺

说完善过于夸张

其实不过改善了些而已

还有什么

您懂吗

实践成就了您的技艺

您懂吗

见利忘义

这里的一切都卑鄙无耻

［在大提琴上拉一长低音

您听见了吗

完全不一样

完全不一样

您听见了吗

萨洛

与

马吉尼

完全不一样

现在几点钟了

您别告诉我

现在什么时候

[在大提琴上拉一长低音

萨洛

费拉拉

五点钟前这一个

五点钟后另一个

[来回拉出五次短音

萨洛

您听见了吗

潮湿

阿尔卑斯山北部

[在大提琴上拉一低音

您得仔细去听

音色完全不同

但我演奏费拉拉

上午

效果简直就是灾难

您得记住

我总是说

上午这一把

下午另一把

如卡萨尔斯大师一样

[沉思

明天奥格斯堡

杂　耍　两盒松香

加里波第先生

加里波第　但是如果一个人没完没了地

老是像我一样地动着脑筋

那就是疯癫

这一把大提琴上午用

那一把大提琴下午用

您懂吗

66

这也适用于小提琴

中提琴也应如此

[在大提琴上拉出几声短音

杂耍从乐器箱里拿出一琴盒，从里边拿出

一把小提琴，坐下调音

早晨的排练

用费拉拉大提琴

这还从未有过

从未有过

而在阿尔卑斯山南

则恰恰相反

我外孙女的天资

平平

但她走钢丝

演得漂亮

很美

她拉中音提琴

很美

还是个孩子

我的侄子

绝对没有任何天分

这是一方面

另一方面弹钢琴

对一个驯兽师来说

只是一个手段

与动物打交道您懂吗

就不一样了

这没完没了地受伤

明天奥格斯堡

他得去看医生

明天奥格斯堡

实际上我的侄子

本来应该

按他自己的样子发展

走一条完全中产者的发展道路

是我强迫他

加入了我的团队

杂　要　他的前任

活生生地被咬死了

加里波第　咬到了致命处

杂　要　凶猛的金钱豹

加里波第　我们不得不

把这些豹子

全都击毙

这个可怜的

被金钱豹咬死的人

[在大提琴上拉出一长低音

鳟鱼五重奏的排练

似乎就此寿终正寝了

这时我想到了

我的侄子

杂　要　让您的侄子

做驯兽师

也就是让他弹钢琴

加里波第　于是我们又有了驯兽师

和钢琴师

杂　要　鳟鱼五重奏得救了

加里波第　鳟鱼五重奏

得救了

[在大提琴上拉出一长低音

我的侄子

不仅这一次想要

毁坏钢琴

他一再企图

这样做

杂　要　他的手段不中用

不过

加里波第　不过

您不要相信小丑的

虚伪

他特别恨低音提琴

我外孙女也并不热爱中音提琴

您得承认您自己

拉小提琴

也是被逼无奈

一切都令人厌恶

发生的一切

都让人厌恶

生活生存

令人厌恶

真实的情况是

[杂耍走到一镜框前，将其扶正

真实的情况是

我并不爱大提琴

70

拉大提琴

让我感到痛苦

但又必须演奏

我外孙女不喜欢中音提琴

但必须得演奏它

小丑不喜欢低音提琴

但必须演奏它

驯兽师不喜欢弹钢琴

但必须弹奏它

您也不喜欢拉小提琴

我们不喜欢这生活

但这生活必须得过

[弹拨一声大提琴琴弦

我们都憎恨鳟鱼五重奏

但必须去演奏它

[杂耍坐下来，拿起小提琴演奏

加里波第拉了几声大提琴

不要蒙蔽别人

不要自我欺骗

[在大提琴上拉出四声短音

这里直截了当地

可以称之为音乐艺术的

实际上

是疾病

您把松香给我

[杂耍递给加里波第松香

加里波第用松香摩擦弓弦

卡萨尔斯

[停歇片刻

可笑

艺术

总是

艺术家的

另一种艺术

或者说得更好一些

魔术艺术家的

另一种艺术

因为魔术师就是艺术家

他们是魔术师

每天

每日

又都是另一个人

这样一个人

尤其

不可以失去控制能力

他的个性

真诚地

与他的疯癫

为伴

如果他是才智的

化身

一切的不自觉和无意识

都会变成随意和专横

思想器官孕育生养了世界

和大自然

局部的和谐非常重要

一切皆以此为根基

[*弹拨大提琴琴弦*

这里说的

不是什么神秘的宗教哲学

您懂吗

[*弹拨琴弦*

但是这些人的疯癫

是另一种疯癫

如同他们的狂妄

一方面他们头脑清醒

另一方面他们目空一切

青睐疾病

克服生活的艰辛

恐惧死亡

您懂吗

[将耳朵贴近琴身

卡萨尔斯就这样做

您听见了吗

[在大提琴上拉一长低音

卡萨尔斯就是这样做

总是倾向于淫乱

我指的是精神

在一个没有宽容的

世界里

[在大提琴上拉出一低音

每一句话

都是一句咒语

[意味深长地

哪一位神灵在召唤

这样一位就出现

[松香掉在地上，滚到箱子下面；朝上方挥

着右手喊着

这些手指

这些手指让我发疯

[瞥着杂耍

这套漂亮的制服

剪裁合体

做工精良

色调也让人颇感亲切

[杂耍趴在地上寻找松香

我们如何让我们的思想器官

随意动作

魔术般的天文学

语法

哲学

宗教

化学等等

富有传染力的概念

语言符号

与它所指的对象亲和

很可能松香

滚到墙根底下了

滚到墙根底下了

滚到墙根底下了

[弹拨大提琴

杂耍一边回头看着加里波第，一边用双手

在箱子底下摸着

任何随意和专横

任何偶然性

任何个性

都能成为我们

生产世界的器官

[倾听大提琴共鸣箱，同时拉出一长低音

这样

这样卡萨尔斯

这是一种神经性的习惯

一种神经病

您相信我好了

松香

疯癫

您懂吗

[右手挥向空中，神经质地活动着所有手指，

大声说着

突然就出现了

突然

一种病态

神经疾病

[停顿片刻

一种习惯

您看

[指箱子底下

总是朝这个方向

总是往箱子底下

习惯的力量

杂　要　集体的疯癫

　　　　加里波第先生

加里波第　人们建议我

　　　　把它

　　　　拴在绳子上

　　　　挂在脖子上

　　　　[在大提琴上拉一长低音

77

像小拳头一样

您懂吗

围着脖子

像小孩子那样

[外孙女端一木脚盆，拿着一条毛巾上场

加里波第瞧着外孙女

哦泡脚

来吧孩子

杂　要　您泡脚

加里波第先生

[外孙女把木脚盆放在加里波第面前，为他

挽起裤脚管，现在人们看到他的右腿是假

肢，她为他脱鞋和袜子

加里波第　[右脚伸进木盆里

啊

[突然地

场上演到哪里了

动物节目演了吗

猴子

外孙女　猴子

加里波第　猴子

猴子

[越过杂耍对外孙女

他寻找松香

你的舞跳得好极了

无可挑剔

又准确又好看

[外孙女点头

再没有什么

比热水泡脚

更舒服了

如果水温正好是

可以忍受的

啊这全身通泰的感觉好极了

[吻外孙女前额

外孙女退回

突然地

你觉得冷吧我的孩子

明天我们去奥格斯堡

明天奥格斯堡

你得练习

懂吗

练习

到这边来

做练习

然后你就暖和了

杂　要　[还没有找到松香

你外公是好意

是为你好

[外孙女站到加里波第前，按着他的口令
练习：一会儿左腿独立，一会儿右腿独立，
并踮起脚尖；右腿独立，则抬起左腿，等
等；抬右腿，左臂落下，反之亦然，准确
得如一木偶，动作越来越快。杂耍从一旁
地上看着

加里波第　[用弓弦击打拍子

一二

一二

一二

一二

一二

一二

一二

一二

一二

一二

一二

一二

一二

一二

一二

一二

好停下

[外孙女精疲力竭地停下来

加里波第命令着

削苹果

刷鞋

煮牛奶

刷衣服

准时排练

懂吗

你可以走了

[外孙女下

加里波第若有所思地

明天去奥格斯堡

［对杂耍

找到松香了吗？

［杂耍没有找到，继续寻找

一个漂亮的

没有用处的孩子

［因他知道没有别人在看，把右腿裤脚挽起
拉得更高，用弓弦拉着假肢，杂耍在一旁
寻找松香，加里波第拉着假肢好似最大的
享受，说道

卡萨尔斯

卡萨尔斯

［杂耍找到了松香

加里波第放下右腿裤腿

杂耍拿着松香站起来

加里波第很尴尬

一切都是音乐

一切

我们这伙人

就是世界的缩影

［杂耍送给加里波第松香

加里波第接过松香摩擦弓弦

同时一面打量着杂耍

经验表明

一个人在脏地板上

趴得时间长了

就会把自己弄脏

［用琴弓触着杂耍的肚子

就是害怕

完全是害怕在作祟

［平静地拉琴三次，审听着低音，忽然抬起

头来

一封信

就算是萨拉萨尼马戏团给您的

就把您弄得如此忘乎所以

［突然威吓地、果断地

但我知道怎么回事

每一年

您都得到许多

这类信件

所有这些信函

都提供工作的机会

都提供优越的条件

[在大提琴上弹拨多下

我懂

更多的钱

更多的尊重

杂耍先生

再次要求更多的钱

和更多的尊重

[弹拨大提琴

两者

被第三者分离

和结合

杂　耍　但是

加里波第　您别激动

我见得多了

总是这一套

一旦一个人有了点名气

就要求金钱

和尊重

越来越多的金钱

84

和越来越多的尊重

艺术家以其艺术实施勒索

这不是狡诈什么是狡诈

突然艺术家们向你发动进攻

带着种种要求

[在大提琴上弹拨两下

一旦涉及钱

即使是天才

也来跟你玩命

[用琴弓触着杂耍的肚子

尊敬

[大笑起来，立即戛然而止

杂技演员

总之所有的艺术家

都以其艺术进行勒索和敲诈

并且极其肆无忌惮

待价而沽

可是我不吃这一套

您那封萨拉萨尼马戏团的信

不过是

您在我这儿

十年或者十一年里

伪造的数百封信函之一

您拿它们来要挟我

您把这信拿来给我看看

您把这信拿来给我看看

[在大提琴上弹拨几下短音，然后握紧琴

弓，好似准备开始演奏

杂耍退了一步，然后又一步

谁今天还相信什么艺术家

就是傻瓜

天大的傻瓜

[幕落

第二场

[驯兽师左臂缠着厚厚的绷带在钢琴旁，吃
着面包、香肠和萝卜

小　丑　[在右侧地上，对驯兽师说

疼吗

驯兽师　不值一提

小　丑　可以排练吗

驯兽师　也许行吧

也许不行

[用缠着绷带的手拍着琴键

小　丑　这样可不行

驯兽师　这样可不行

不行

这样怎么行

[再次用缠着绷带的手拍打琴键

这样怎么行

小　丑　这样怎么行

[帽子掉了，立即又戴上

你怎么看

如果今天又排练不成

驯兽师　　鳟鱼五重奏

　　　　　要是我不能演奏

　　　　　就演奏不成

小　　丑　要是你不能演奏

　　　　　就排练不成

驯兽师　　不成

　　　　　根本就不成

　　　　　这是五重奏

　　　　　你懂吗

小　　丑　你跟我出去吗

　　　　　明天

驯兽师　　明天在奥格斯堡

　　　　　好啊

　　　　　我们大家一起出去

小　　丑　一定很痛

　　　　　那家伙这一嘴

　　　　　咬得好厉害

驯兽师　　咬得好厉害

　　　　　咬得好厉害

小　　丑　不是我的错

　　　　　我

驯兽师　好了

　　　　别再说了

小　丑　我跳起来

驯兽师　你跳起来

小　丑　这时它也跳起来

驯兽师　马克斯

　　　　[打量着缠着绷带的手

　　　　马克斯

　　　　咬得

　　　　很深

小　丑　不是我的错

　　　　我跳起来

　　　　[跳起来

　　　　你看见了吗

　　　　这样

　　　　[展示他如何在马戏场上跳

　　　　这样

　　　　你看见了吗

　　　　它也跳了起来

驯兽师　不能刺激马克斯

　　　　你懂吗

马克斯它不懂

什么是玩笑

你必须得严格遵守

事先的约定

我给你打手势

用大拇指

你才跳

当时你跳早了

跳早了

要是我说马克斯

简短三次马克斯

你才跳

像事先约好的那样

它得扑向你

不是扑向我

你招惹它了

你招惹它了

这动物

我不会做

车轮翻

你懂吗

[小丑做一个车轮翻，然后又蹲到地上

马克斯

不懂什么是玩笑

[小丑站起来，表演给驯兽师看，如何刺激
狮子，如果狮子跳起来，得如何做车轮翻

对

就是这样

对

[扔给小丑他刚切下的一块香肠，小丑接到
手将其吃光

总是出现失误

[对小丑嚷道

别再捅娄子了

你懂吗

别再捅娄子了

下一次

它会把我整个胳膊咬掉

要准确

像我叔叔总说的那样

准确

把动作的准确练习成为习惯

成为习惯

你懂吗

[扔给小丑一大块香肠，就像小丑是一头野兽

你这么聪明一个人

我光训练它围场子跳两周半

就整整花了

一年时间

你懂吗

现在它掌握了

这种跳法

[从这会儿起不断地对着瓶嘴喝啤酒，小丑

不断地为他往钢琴上放啤酒

不能让它

离开你的视线

明天在奥格斯堡

新绷带

你懂吗

马克斯

尽可以叫它

马克斯

没关系

别让它离开你的视线

催眠术

你懂吗

我叔叔

他不喜欢

这种办法

动物听从我

反过来

我听从动物

你懂吗

像催眠那样让它安静下来

[突然地

遇到紧急情况

你就卧倒

你在意大利马戏团里学过

该怎样卧倒

[小丑像在意大利马戏团一样卧倒，然后又
站起来

这样

对就是这样

愚蠢

一方面与动物友好合作

另一方面

又与它们作对

小　丑　一方面

另一方面

驯兽师　开始的时候是害怕

然后这害怕会让你

特别感到兴奋

我叔叔说

小　丑　加里波第

大人

驯兽师　大人

[把钢琴上的啤酒瓶碰掉，无意识地或有

意地

小丑跳起来，用破布片将洒在地上的酒

擦掉

古典音乐

简直要我的命了

小　丑　鳟鱼五重奏

驯兽师　整个古典音乐

[小丑把地上收拾停当，又给驯兽师往钢琴

上放一瓶啤酒，然后又蹲在原来的地方

驯兽师喝着啤酒

他的女儿

可惜你没见过

那叫一个美人

结果完全被摧残了

这以前她爸爸

也让她练如何

鞠躬

十四次

就像现在

他让他的

外孙女

也练习十四次

他女儿犯了一个错误

你懂吗

锁骨

扎进了她的太阳穴

　　　　　[示意给小丑看

小　丑　[跟着学

　　　　扎进了她的太阳穴

驯兽师　三等的葬礼

　　　　　这父亲就这样爱他的女儿

　　　　　草草地把女儿给埋了

　　　　　才过了一年

　　　　　就没有人知道

　　　　　埋在什么地方了

　　　　　他在公墓里

　　　　　到处寻找

　　　　　怎么也找不到

　　　　　打那时起

　　　　　他再也不去奥斯纳布吕克了

　　　　　奥斯纳布吕克

　　　　　他再也不去了

小　丑　再也不去奥斯纳布吕克了

驯兽师　让人把女儿

　　　　　就像埋一条狗那样

　　　　　给埋葬了

　　　　　你懂吗

　　　　　最高的难度

　　　　　总是不管不顾

　　　　　总是同样的训练项目

总是同样的不管不顾

他不管你累不累

他不让你歇一歇喘口气

他就这样对待她们

竟没有遇到任何的抱怨和反抗

一年一次

发一件新衣服

或者一双胶鞋

这就是全部的待遇了

他称她们

是什么芸芸众生

天才是他这位父亲

我的叔叔

他让这众生

舞蹈

驯动物

让他们

练杂耍

天才不是上面做练习的那个人

坐在下面向上看的人

才是天才

你懂吗

[切下一块香肠扔给小丑，这位接住并吃光
了它

每回这孩子上厕所时间长了点

[小丑让帽子掉落，又马上把帽子戴上

就要挨他一记耳光

还要受罚

加倍地练习

我该怎样鞠躬

你懂吗

这种练习

一二

一二

一二

你懂吗

半夜里突然必须起床

练习

我该怎样鞠躬

[切下块白萝卜，扔给小丑

白萝卜来了

来了白萝卜

［小丑接住白萝卜，一口吞下

哪怕睡衣都练得湿透了

也没人可怜

但是有一次把自己甩出去了

这可怜的人

摔到了场地上

疯癫

一个人的疯癫

为所欲为

虐待所有其他的人

脑子里

没有别的只有灭掉二字

［小丑让帽子掉落，马上又戴了起来

在雨中练习

在只有零上三度的寒冷里

练习怎样鞠躬

大提琴

还有鞭子

你懂吗

［切下一块白萝卜，掷向小丑，小丑接住

吃着

我是一个笨蛋

他说

当着大家的面

小　丑　做新节目

做新节目

练习

练习

练习

［做一个向前的车轮翻，再往回做一个车

轮翻

驯兽师　因此我恨他

［切下一块香肠，给小丑扔过去

他的一切我都不放在眼里

你懂吗

对面那个人

不论什么时候

什么情况下都是白痴

他带他的外孙女

到了威尼斯

去看各种演出

在圣马可广场

天下着雨

气温只有两度

她也得练习怎样鞠躬

[喝着吃着

看到马克斯

你得想到催眠术

这里用得上

催眠手段

如果你忘记了

它就咬下你

一块肉

就像咬我一样

小　丑　痛吗

驯兽师　用白酒擦一下

就不痛了

先用白酒

再用啤酒

啤酒

啤酒

小　丑　用白酒

用啤酒

用啤酒

啤酒

啤酒

驯兽师 催眠术

你懂吗

我可以说很幸运

多险哪

差点就送了命

但是你以为

他会把动物节目

砍掉吗

[*大声地*

咬掉了一块肉

动物节目

照常演出

你懂吗

因为他就在我们大家

后边盯着

在我们身后就两步远

或者他已经站在我们前面

即使他不在

他也在

随时都在观察我们

你懂吗

难道我们就让他这样一个

拖着一条木头假腿的人

监视我们

把我们像狗一样给折磨死吗

小　丑　［让帽子掉落，马上又戴上

像狗一样

驯兽师　像狗一样

总是要我们分秒不差地

开始排练鳟鱼五重奏

［抬起缠着绷带的胳膊

这腋窝下边

很疼

一种往里抽着似的疼

［饮酒

我的眼睛有毛病

视力在逐渐减退

医生说的

小　丑　视力

驯兽师　明天在奥格斯堡

　　　　我得去看眼科医生

小　丑　明天在奥格斯堡

驯兽师　[喝干瓶中酒

　　　　小丑跳起来，又拿一瓶放到钢琴上，复又

　　　　蹲到地上

　　　　像对待动物一样

　　　　对待一个人

　　　　你懂吗

　　　　我们就是

　　　　动物

　　　　钢琴

　　　　中音提琴

　　　　低音提琴

　　　　小提琴

　　　　动物

　　　　都是动物

小　丑　动物

驯兽师　他故意

　　　　让松香脱手掉落

　　　　最近在杂耍面前

也来这一套

杂耍就得趴到地上

给他到处找松香

［指着箱子底下

伸手到箱子底下

［切下一块香肠，扔给小丑

杂耍先生在地上爬来爬去

一次次给我叔叔往回捡松香

小　丑　杂耍先生

加里波第先生

驯兽师　越来越频繁地

你懂吗

趴在地上到处找松香

有时我想

马克斯

咬吧

但它没有这样做

我还做过梦

梦见它把我整个脑袋

咬下来了

它下嘴咬了

一个驯兽师先生

没了脑袋

你懂吗

[小丑暗自发笑

它做这事可是很严肃

你懂吗

脑袋还在说马克斯

它已经被咬下来了

[小丑发笑

举起双手

去抱头

可是上面没有头了

[小丑窃笑

它朝我扑过来

把我脑袋咬掉了

[对着瓶嘴喝着

小丑跳起来，帽子掉落，马上又戴了起来，

吃惊地瞧着房门

加里波第　[上场，走向小丑

真是难以想象

给我出去

滚到马戏场上去

演你的逗乐节目去吧

马上就轮到你上场了

[小丑向加里波第行屈膝礼，下场

我在全场

到处寻找这个人

他可倒好在这儿聊大天

简直闻所未闻

明天奥格斯堡

大半天了

就杂耍一个人

在表演场上

看不见

小丑的踪影

观众可不跟你

开玩笑

[对驯兽师

啤酒

白萝卜

难闻的气味

这里

没有醉鬼的位置

这里

没有位置给醉鬼

你必须遵守这里的规矩

驯兽师 但是

加里波第 没有什么但是

我不听

总是那一套说辞

必须跟着你们盯着你们

[坚决地

你给我滚出去

动物饿得狂喊乱叫

你可倒好在这儿自顾自地

胡吃海塞

出去

[驯兽师站起来

加里波第对他吼道

懒猪

[驯兽师拿着一块大萝卜下

加里波第把帽子挂到挂钩上

挂起来

挂起来

乐谱架

这些没有用处的乐谱架

［撞到一乐谱架，抓起其中一个

鳟鱼五重奏

［拍着自己的脑袋

外孙女进来了

悬挂起来

悬挂起来

外孙女　鞋油用完了

加里波第　［模仿她

鞋油用完了

明天在奥格斯堡

明天在奥格斯堡

这些无用的乐谱架

鳟鱼五重奏

悬挂起来

把一切

都给我悬挂起来

一切

悬挂起来

一切

[用手掌拍击自己的额头

你这个白痴

外孙女　你想要大提琴吗

加里波第　大提琴

大提琴

[朝外孙女吼叫

马吉尼

或者萨洛

费拉拉大提琴

[坐下

过来孩子

[外孙女走近他

听着

最后一句要轻拉

Crescendo

我说的是渐强

Decrescendo

我说的是

渐弱

很轻

最后一句

要非常非常轻

[触摸着外孙女太阳穴

我们

围着我们的都是畜生

畜生

渐弱

渐弱

渐强

渐强

[朝着门看

孩子

跟我一个人在一起

明天奥格斯堡

睡得好吗

夜里

我不睡觉

也不做梦

把腿给我看看

[外孙女给他看腿

你的资本

你的母亲的腿

其美无比

你要练习

要达到动作精准

练习

睁开眼睛

立即起床

练习

练习

练习

[弹拨大提琴，拉出一长低音

你听见了吗

卡萨尔斯

走钢丝这个技艺

是上帝的恩赐

看看你的牙齿

张嘴

[外孙女张开嘴露出牙齿

好牙齿

最重要的

是你要练习

先是十三次

十三次上

十三次下

还有二十一次

二十一次上

二十一次下

没有读物

孩子

记住了

芭蕾是不大一样的

不是芭蕾

不要听

驯兽师的话

不要听

杂要说些什么

误解

你懂吗

一切都是误解

举起胳膊

[外孙女高举胳膊

高举

高举

[外孙女高举两次

不要到动物那里

[大叫

不要到动物那里

你可怜的妈妈

然后就摔下去了

给我看看你的手

[外孙女伸出双手

好

她的父亲不断地警告

也就是我

没有用处

松香

你听见吗

松香

明天在奥格斯堡

有一天

她到动物那里去了

动物咬伤了她

锋利的牙齿咬进了她的身躯

她很勇敢

医生为她缝合

手术很成功

可是刚恢复健康

她就从高处摔下去了

一时疏忽

片刻的恐惧

你懂吗

一个失足

那句话怎么说来着

一失足成千古恨

高举胳膊

[外孙女挥臂向上

高举

高举

高举

[外孙女三次挥臂向上

在奥格斯堡不要去图书馆

没有书

什么都没有

[忽然大叫

　　　　　　　　　不要走近动物

外孙女　　不要走近动物

加里波第　　在钢丝上跳舞

　　　　　　　　　高高的上方

　　　　　　　　　在空中翩翩起舞

　　　　　　　　　[仰头上望

　　　　　　　　　而不摔下来

　　　　　　　　　多么美的景象啊

　　　　　　　　　[忽然朝地上看

　　　　　　　　　这叫声

　　　　　　　　　我的孩子

　　　　　　　　　她立即就停止了呼吸

　　　　　　　　　当你第一次

　　　　　　　　　走上钢丝时

　　　　　　　　　我害怕

　　　　　　　　　害怕极了

　　　　　　　　　[触摸外孙女

　　　　　　　　　我一直

　　　　　　　　　害怕

　　　　　　　　　[将外孙女推开

　　　　　　　　　外孙女旋转得像个陀螺

音乐

人的听觉艺术

杂技

与音乐相辅相成

给我把大提琴拿来

[外孙女到琴箱，拿着马吉尼大提琴回来

不是这把大提琴

孩子不是

不是马吉尼

是费拉拉

[外孙女将马吉尼送回琴箱，取来费拉拉

终有一天

当众演出

在马戏场里

[外孙女给加里波第松香，他用松香摩擦弓

弦，然后把松香给外孙女，拉了两声长低音

在大庭广众之中

也许是在秋天

在纽伦堡

外孙女 在纽伦堡

加里波第 但是不要声张

不要声张

[伸出食指放在嘴前

不要作声

在马戏场里

表演鳟鱼五重奏

首先你在钢丝上跳舞

然后你演奏中音提琴

轻轻地

很轻很轻

渐强

渐弱

准确

完美

人们来了

他们看

他们听

[在大提琴上拉出一长低音

他们来看

一场马戏演出

听到鳟鱼五重奏

但在能够演出前

在去纽伦堡之前

必须练习

练习

练习

舒伯特

舒伯特

还是舒伯特

不排练金钱豹

不排练狮子

不排练马的节目

只有你

还有舒伯特

盘子节目也不要

只有舒伯特

和你

然后

就不是排练了

就是我们期待的音乐会了

［突然厉声地

但这个人

没完没了地受伤

119

杂耍

的变态

小丑那令人

可怖的性格

这些可怕的人

[打量着大提琴

一件旷世珍品

我在威尼斯把它买到手

用你母亲的遗产

这把大提琴

花费了你母亲

全部的财产

你看看吧

[给她看大提琴

琴身还刻有费拉拉的字样

这个神圣的字

费拉拉

卡萨尔斯

我听过他两次音乐会

大饱耳福啊

孩子

炉火纯青的艺术

无与伦比的享受

一次在巴黎

一次在伦敦

卡萨尔斯的演奏

[拉出一声长低音，又将弓拉回来

有区别

你听出区别来了吗

你能听出区别吗

我每天问你

是否听出区别

你听出来了吗

[外孙女点头

这是高雅艺术

听觉艺术

我的孩子

艺术就是

人们去听

而且总是

去听区别

你听出区别来了吗

［外孙女点头

给我拿另一把过来

［把费拉拉大提琴给外孙女

外孙女到琴箱取马吉尼大提琴，把琴递给
加里波第，站在他面前

加里波第在马吉尼大提琴上轻轻地拉出一
长音

你听出区别了吗

这个区别

卡萨尔斯

下午五点之后

用马吉尼演奏

是不会有好音乐的

早晨演奏马吉尼

晚上演奏费拉拉

我们位于阿尔卑斯山北

孩子

［等待着回答

不是吗

外孙女　我们位于阿尔卑斯山北

加里波第　正确

我们位于阿尔卑斯山北

不用马吉尼演奏

阿尔卑斯山北

不用马吉尼演奏

[突然坚决地

排练要举行

即使我非得用脚

把他们踢过来不可

让他们拿起乐器

驯兽师先生以为

每天都能让自己受伤一次

小丑诉苦

他肾脏不舒服

杂耍先生

多年来借口生病

无法说清楚的病

排练要举行

谁不练习就没有任何成就

谁不练习

就什么也不是

必须不停地排练

不停顿地

你懂吗

不停顿地在钢丝上练习

不停顿地拉中音提琴

不停顿地

不可以中止

不可以歇息

一曝十寒

没有任何成功可言

[在大提琴上拉出一长低音

一件早晨乐器

就不是晚上乐器

不能晚上用它演奏

[递给外孙女马吉尼，她将它放进箱子里，

取回费拉拉大提琴

加里波第拿起费拉拉，拉出一长低音

你听见了吗

是这样

是的

是这样

[忽然大声地训斥外孙女

渐强

如果我说渐强

渐弱

如果我说渐弱

你懂吗

要抓紧去练习

没有任何道理松懈

卡萨尔斯

[弹拨一琴弦

艺术

那是像数学一样精确的艺术

我的漂亮的孩子

把手给我

[外孙女把手递给加里波第

你冷吗手这么凉

我的孩子

[外孙女退回一步

加里波第举起琴弓，用它打拍子指挥外孙

女，她顺从地开始了练习

一二

一二

一二

一二

一二

一二

一二

一二

一二

一二

一二

一二

[外孙女精疲力竭，双臂抬不起来，耷拉着
脑袋

现在你暖和了

我的孩子

那么

怎样鞠躬呢

[外孙女鞠躬

对就是这样鞠躬

这样

[审视着外孙女的脸

你没有掌握自己的脸部表情

我的孩子

你得控制好自己的脸部肌肉

明天在奥格斯堡

[在大提琴上拉出一长低音

这个声调

完全是另一个样子

你听清这个声调了吗

听出区别来了吗

费拉拉大提琴

[外孙女点头

我的上帝宇宙万物

都成了僵硬的石头

[拉出一长长的轻音

杂耍上场

加里波第没有察觉

杂耍和外孙女倾听加里波第拉的长音，直

至琴音停止

尽管这是不幸

一生一世也要坚持不懈

一个加里波第

却不是艺术家

不堪设想

[用琴弓指向上方

这是一个大气层问题

[发现了杂耍

你懂吗

大气层问题

形而上学也许

凝固和流动

极端相反的事物

就结合在

火

这个概念中

[突然地

节目演到

什么地方了

一切都要快速进行

明天六点

我要在奥格斯堡

演出开始时就要

拆除帐篷

观众还在场

帐篷就不存在了

继续继续

不要停顿

还有几个节目

没有什么比最后一场演出

更让人沮丧的了

我憎恨它

我什么也看不见

只是闻气味

观众身上发出的

这难闻的气味

是的

我知道总这样说是可笑的

但是观众的气味

着实令人厌恶

我什么也看不见

这是事实

但我能闻出

我在哪儿

这种气味我想

啊科布伦茨

这种气味

啊柏林

这种气味

纽伦堡等等

我能凭气味

知道我在什么地方

[大声地

奥格斯堡的情况

最糟糕

要缩短

动物节目

缩短

耍盘子节目

缩短

小丑节目

减少一些

您懂吗

在奥格斯堡

购买新鲜的肉

假如可能的话

清晨五点

大家都去露天市场

[对外孙女

你也去我的孩子

围上围巾

露天市场

新鲜肉

[对杂耍

儿童场

我们不压缩

特别推出小丑节目

反复出场

不要说那些大话空话

我的杂耍先生

还有所有动物

所有动物都上场

我的整个童年

真是不堪回首

地道的恐怖统治

[让琴弓掉落，杂耍和外孙女冲过去想捡拾
它，杂耍拾到，将它递给加里波第

不可以忘记

儿童时代的苦难

任何一个童年岁月都不例外
．．．．
［对外孙女

弯腰时要当心你的脊背

你弯腰太随便

不经意

也是有意识

你懂吗

［对杂耍

我对她总是说这些

就像我对所有的人

总是说同样的话一样

所有这些人都一成不变

但我还是要说

不可能不劝诫

身体也好

头脑也好

关乎到身体与头脑

一切都要在持续的

控制之中

监视之下

［对外孙女

应怎样鞠躬呢

［外孙女立刻站起来

来一个

［外孙女鞠躬

就这样

很好

［对杂耍

您觉得怎么样

我的外孙女

做得正确吗

杂　耍　她做得

很正确

加里波第

先生

加里波第　头脑和身体

身体和头脑

要持续地加以控制

漫不经心

最为令人厌恶

[杂耍到他对面挂着的镜框前将其扶正

加里波第谈论起这张图片

意大利名城维罗纳

圣泽诺教堂

我爸爸处于垂死状态

躺在这可怜巴巴的床架子上

您知道吗

房间里没有生火

石头地面

床单作为裹尸布

毫无希望啊

您懂吗

一切都在加速他的死亡

在这样冰冷的石头地上

躺着我垂死的爸爸

我们的妈妈

谁知道她当时

在什么地方

我爸爸

在行将就木时说

千万别让你们的生活

沦落到我这个地步

[让琴弓垂下，对杂耍

另外一个钉子

应把另外一个钉子

往里锤一下

不然的话

您把镜框扶正

它立刻就又歪斜了

杂　耍　另外一颗钉子

加里波第　还没有扶正

[杂耍认为镜框正了，但是加里波第说

还没有正

始终还没有

始终还没有

始终还没有

现在

啊

您本不该去触动这镜框

[杂耍又去调整它

没有

没有

没有

现在好了

现在

［杂耍退几步，瞧着镜框

外孙女正好站到加里波第和图片中间

加里波第似乎要用琴弓把外孙女赶走

走开

走开我的孩子

这样

现在挂正了

［对杂耍

您本不该再去动镜框了

我无所谓

您看着不自在

您看着别扭

我看着无所谓

光洁闪亮的镜子

您喜欢这样

您的鞋也总是擦得锃亮

［杂耍、加里波第和外孙女都望着杂耍脚上

穿的刷得闪闪发光的鞋

据我所知

您裤兜里总装着

一块擦鞋布

右边兜里是擦鞋布

左边兜里是手帕

擦鞋布

手帕

擦鞋布

手帕

[对杂耍命令地

好吧，你让我们看看

裤兜里是什么

[用琴弓指挥着杂耍，要他把裤兜翻开

把裤兜翻开

翻开

把它们翻开

[杂耍翻开裤兜，但是左边兜里面是擦鞋

布，右边兜里面是手帕，而并非相反

您看

您的手帕

不是在左边兜里

137

而是在右边兜里

您左边兜里是擦鞋布

您也弄错了

杂耍先生

把它们再装进兜里

[杂耍把擦鞋布和手帕又揣进兜里，但现
在，他纠正了错误，把擦鞋布放进右兜，
把手帕放进左兜

口袋戏法

口袋戏法

[对外孙女

一个正经体面的人

在右裤兜装擦鞋布

左裤兜里

装手帕

不会装反了

把左兜当右兜

把右兜当成左兜

他的手帕是那种

洁白而又清洁的

[对杂耍

我现在不问您

您有几块

干净洁白的手帕

[对外孙女

他自己

洗手帕

他没有结婚

他自己洗手帕

用一个专门的瓷盆

在同一个盆里既洗手帕

又洗擦鞋布

是不行的

擦鞋布也得

经常洗我的孩子

洗脸也如是

[对杂耍

有一次在伊瑟隆

您往

擦鞋布里擤鼻涕

用擦鞋布擦鼻子

您还记得吗

结果您长时间打喷嚏

那响声震天动地

[外孙女突然大笑起来

加里波第幸灾乐祸地说

在伊瑟隆

还有在拉恩河畔的马尔堡

[瞧着外孙女

他当着观众

搞这个名堂

[驯兽师上场，大家目光都转向他，他站在
门中

加里波第对驯兽师厉声大叫

新鲜肉

明天在奥格斯堡

新鲜肉

[对自己也对外孙女

这人多么可恶呀

[驯兽师走向钢琴，拿起一大块白萝卜想离
开，但小丑上场了，外孙女望着小丑，加
里波第倾听着琴共鸣箱，拉出一长低音，
来回拉三下；小丑示意外孙女到自己身边，

贴着她耳朵说了些什么，伸出手指向箱子底，外孙女走过去，从箱子底下取出松香，朝加里波第走去。加里波第先是没有看到外孙女，拉出一长低音，停下来，从她手里拿过松香，用它摩擦弓弦——突然对小丑说

你的搞笑节目演了吗

[小丑点头，加里波第对外孙女

应该怎样鞠躬呢

[外孙女弯腰鞠躬

[幕落

第三场

[除驯兽师外，所有的人都坐在扶手椅上，为他们的乐器调音，用松香摩擦弓弦

加里波第 [对外孙女

如果我说渐强

就渐强

如果我说渐弱

就渐弱

在艺术中

尤其在杂技艺术中

没有抱歉和原谅

[对杂耍

一个人的发展道路

得他自己去一步步走

天才

不是一蹴而就的

谁这么想纯属弱智

假如整个躯体

进入一种状态

那么他的各部分

就像整个躯体一样

也进入类似的状态

我本可以有成百上千的发展方向

可以选择

但我走进了唯一的一个

我不是个好榜样

的的确确

我是失败了

当老板的总是

失败者

我做的种种尝试

失败了

还有种种

我曾拥有的可能性

都没有实现

因为像我这样一个人

在众目睽睽之下

势必得将自己消灭

像我

这样一个人

决不容许别人随意发展

一方面是平庸的亲戚

另一方面

是高雅的艺术

不断地试图

把亲戚的平庸

推进到高雅的艺术中去

或者说得更确切些

推进到所谓的高雅艺术

中去

或者置于其下

每天这种五重奏排练

绝对不是怪癖

［对外孙女

演奏中音提琴

要像你走钢丝一样

［对杂耍

绝对要把小提琴

当成您的脑袋

反过来也是这样

您懂吗

［对小丑

低音提琴

是你的不幸

你懂吗

低音提琴

是你的不幸

从来做事不抓紧

总是拖拉延缓

没完没了的受伤

还有你那喜怒无常

［对外孙女

在奥格斯堡

别忘记 E 弦

在奥格斯堡

有一位疯癫得出奇的乐器店老板

总是这个驯兽师

把五重奏破坏

［喊道

破坏

破坏

杂　耍　他的伤口化脓了

驯兽师说

145

带着化脓的伤口

加里波第　伤口化脓

伤口化脓

带着化脓的伤口

但我们排练的是五重奏

不是四重奏

就是因为他

身上老是有伤口化脓

于是他就喝酒

喝得醉醺醺

没法正常弹琴

坐在钢琴前就晕头转向

[在大提琴上拉一长低音

杂耍在小提琴上拉出一音

外孙女弹拨中音提琴

小丑弹拨低音提琴

卡萨尔斯

[对杂耍

您听出区别来了吗

[在大提琴上拉出一长低音

卡萨尔斯

146

［突然命令地

调对一下标准音

［大家各自在自己的乐器上拉一长音

现在总算好歹做到了

好久我们做不成的

事情了

但是驯兽师

将把一切化为乌有

［把放有乐谱本的乐谱架移动到合适的位置

白萝卜

到处都是萝卜气味

［杂耍吹掉他乐谱本上的土

肆无忌惮

是艺术家的意志

唯一的可能

就是肆无忌惮

但周围世界

是地地道道的

愚蠢

病态

和

不可理喻

我演奏了几十年大提琴

无非都在对牛弹琴

什么时候能改变这种状况呢

遥遥无期

看不到尽头

[弹拨大提琴

精确

他们结伙跟你顶撞

谁反对

谁就完蛋

[对外孙女

你要像

走钢丝一样

演奏中音提琴

懂吗

在奥格斯堡去买两根琴弦

E 你懂吗 E

E 弦

[对杂耍

一辈子

我亲爱的杂耍先生

一辈子

您耍您那盘子

一辈子

就是为了对抗大伙

您那头脑就没有歇息的时候

始终在琢磨着怎样跟大家

对着干

[对小丑

你这忧郁的人

[小丑的弓弦在低音提琴上来回三次拉出

短音

用琴弓

用小提琴琴弓

用低音提琴琴弓

用大提琴琴弓

去对付一切

一个人一旦

搞了艺术

他的头脑

就别再想得到安宁

如果他放弃不干了

生命也就完结了

用琴弓

拉进死亡

[在大提琴上拉出一长低音，对小丑讲关于

驯兽师

他怎样向你

不断地扔香肠

和白萝卜

[在大提琴上拉出一长低音

外孙女用手指抠鼻子

加里波第看到了，对杂耍说

您没做到

让我的外孙女

不再抠鼻子

让她改掉这坏毛病

每次在扶手椅上还没坐稳

就开始抠起鼻孔

[对外孙女

这样很丑陋

我的孩子

在你演奏的时候

也都不忘抠你的鼻子

这太令人讨厌

排练鳟鱼五重奏

也抠鼻孔

[对杂耍

还有你那臭习惯

偏偏在乐曲舒缓行板中

咳嗽个没完

如此有头脑有教养的一个人

竟然还有这样的毛病

您得多吃麦芽止咳糖

剂量得大一些

明白吗

另外我建议您做的

呼吸练习

也要真正去做

清晨六点就出去

不管在什么地方

就是在奥格斯堡也不例外

一小时或者

只有半小时

在新鲜的空气中

不要忽视渐强

明白吗由浅入深

逐渐增强

您的受感染的支气管变狭窄了

您要扩大它

您这样做

会在最短的时间里

解除痛苦

但是您就是不听

我的话

因此您要第十八块盘子时

就势必感到困难

您做不成功

因为您呼吸有问题

呼吸不畅

[对大家

你们大家都有呼吸困难的问题

呼吸不正确

这就是问题所在

如果呼吸不正确

高雅艺术也就没指望了

对一位艺术家

一位实用的艺术家

而且还是一位杂技演员

或者一位实用的

表演艺术家

同时又是杂技演员

杂技表演艺术家

掌握好呼吸

至关重要

[对杂耍直截了当地

您的语言

也不过只是些极其简短的句子

这些简短的句子

构成了您的语言

而与您整个为人相适应的

却应该是井然有序的

条理清晰的长句

您说出的话

都是砍断了的

您说的一切

都是七零八落的

这也意味着

您没有掌握好

呼吸

对一位杂技表演者

这是耻辱

[对大家

除掉

一切干扰

以及机体的种种弱点和缺欠

整个一生

我都为此惨淡经营

[大家一起根据加里波第无声的命令在自己

的乐器上拉出一音调

现在

好多了

就这样可以了

但是钢琴

却把我抛弃了

[杂耍咳嗽

154

我们刚演奏几个小节

您就咳嗽起来了

[小丑的帽子从脸前掉了下来

还有小丑你的帽子

从头上掉了下来

帽子老是滑落

滑落

[直接对小丑

你就没有

戴着合适

不往下掉的帽子吗

他还没有坐稳

帽子就掉下来

[外孙女笑起来

加里波第对杂耍

她自然是要笑的了

[对外孙女大嚷

你就知道笑

[对杂耍

我外孙女

看到小丑的帽子

滑落就笑

笑得让人恐怖

帽子太大

就从他头上往下掉

帽子太小

也往下掉

于是他就什么也看不见了

琴上就出现了错误

立刻就拉走了调

每当我听见他拉走调

就知道肯定他的帽子又滑落了

［对杂耍

就没有办法

不让他的帽子往下掉吗

给他用螺丝固定到头上

可这是不可能的

不能拿螺丝钉

在他头上固定

［小丑又让帽子在面前滑落

外孙女笑

帽子又掉了

[小丑重新把帽子戴上

外孙女笑

帽子往下掉

我外孙女就笑

帽子往下掉

我外孙女就笑

杂　要　先是

帽子掉

加里波第　然后

我的外孙女笑

[小丑忍不住笑起来

你个小丑

不许笑

没有什么

可笑的

小　丑　[停止笑，说

没有什么可笑的

没有什么可笑的

杂　要　[用胳膊肘捅他

小丑

不许笑

157

没有什么可笑的

加里波第　没有什么可笑的

这是可笑的事情吗

给我严肃些

［对外孙女

笑

笑

你可要对此

付出昂贵的代价

叫你吃四天土豆汤

你就

笑不起来了

［在大提琴上拉出一个音之后

或者我那

可怕的关节疼痛

在斯泰尔维奥

意大利最高的山口上

得的病

您还记得吗

在意大利最高的山口

杂　耍　在意大利最高的山口

外孙女和小丑　［同时说

　　　　　　　在意大利最高的山口

　　加里波第　一股穿堂风

　　　　　　　受了一股穿堂风

　　　小　丑　穿堂风

　　　　　　　［让帽子滑落，马上又戴上

　　加里波第　［朝小丑大声说

　　　　　　　穿堂风

　　　　　　　［对杂耍

　　　　　　　我的背部常常疼痛难忍

　　　　　　　发作起来腰都直不起来

　　　　　　　但我并不因此就失去自制

　　　　　　　在排练演奏时

　　　　　　　我绝不允许自己受疼痛的影响

　　　　　　　［在大提琴上拉出一长低音，倾听着

　　　　　　　温度下降了

　　　　　　　［对杂耍

　　　　　　　您听见了吗

　　　　　　　温度下降了

　　　　　　　我从大提琴的音调中

　　　　　　　觉察出来温度下降了

159

明天在奥格斯堡

[对外孙女

暖水袋

明天在奥格斯堡

不要忘记

[在大提琴上拉出一低音

奥格斯堡

那是个寒冷的地方

杂　要　再没有什么

比以演奏五重奏

战胜病痛

更惬意的了

[外孙女忍住了笑

小丑让帽子从脸前滑落

对加里波第

他的帽子

若不是动不动就滑落

他就不是小丑了

加里波第　让帽子滑落

这是不知羞耻

杂　要　脑袋做某种动作

帽子就掉了

加里波第　　［用琴弓指着小丑的脑袋

　　　　　　帽子滑落

　　　　　　戴不住帽子

　　　　　　［小丑用双手把帽子紧紧地护在头上

　　　　　　外孙女和杂耍大声笑起来

　　　　　　恬不知耻

　　　　　　恬不知耻

杂　　耍　　［对加里波第

　　　　　　狼狈不堪

加里波第　　恬不知耻

杂　　耍　　放肆无礼

加里波第　　［对杂耍

　　　　　　遇到这样令人厌恶的事情

　　　　　　看着您笑

　　　　　　不仅

　　　　　　听着您笑

　　　　　　并且看着您笑

　　　　　　［杂耍现在毫不拘束地径自开怀大笑起来

　　　　　　一个有才智的人

　　　　　　这样无缘无故的傻笑

没有什么比这更令人讨厌的了

[小丑让帽子从脸前滑落，马上又戴到头
上，用双手紧紧护住。除了加里波第所有
的人都笑了起来，随即又闪电般停止；加
里波第欲跳起来，脊背的剧烈疼痛让他刚
刚欠身便又坐了下来

杂　要　　您不可以突然

起跳

您知道

您可不能突然地

就跳起来

加里波第　　明天在奥格斯堡

[用手拍打脊背

明天在奥格斯堡

我的一生

心劳日拙

充满了痛苦

我的一切设想

都不了了之

这还不够

人们还不停地嘲弄我

162

［望着杂耍

否认我的存在

［望着小丑

欺瞒哄骗我

［望着外孙女

取笑耍弄我

［对小丑

你让我发疯

看看你用双手

把帽子紧紧

护在头上的样子

什么德行

［小丑放开双手，帽子掉落

加里波第大声地

真是一场噩梦

真是一场噩梦

［小丑把帽子重新戴上

加里波第看着表

终有一天

我要把这个人

灭掉

163

我的这个侄子

[在大提琴上拉一长音然后弹拨一根琴弦

他明明知道

我们大家都在等他

他就是不来

这是他的胜利

[在大提琴上拉出七声短促有力的音

这是他的胜利

[拉出一短暂的低音，然后停下

卡萨尔斯

我们必须注意

温度变化

[对外孙女

要极端重视

温度的变化

[对杂耍

是五重奏

不是四重奏

这不叫鳟鱼四重奏

这叫鳟鱼五重奏

[谈论驯兽师

从来不懂得什么是配合

明明这里已经在等待呼应

他却弹奏起别处需要的曲调

[弹拨大提琴

这个人总是四处埋伏着

又吃又喝

[喊叫起来

腐蚀者

我的上帝

这是怎样的惩罚啊

[示意小丑靠近自己身边

小丑靠近了加里波第

加里波第一边检查着小丑的帽子，一边对

杂耍说

也许

只是

布料的问题

[用手指敲着小丑的头问

这帽子是什么料子的

小　丑　丝绸

是丝绸做的

加里波第　　［对杂耍

　　　　　　丝绸

　　　　　　是丝绸做的

　　　　　　［大声地

　　　　　　丝绸丝绸

　　　　　　［对杂耍

　　　　　　一定得用丝绸吗

　　　　　　不一定非用丝绸

　　　　　　不一定非丝绸不可

　　　　　　亚麻布

　　　　　　亚麻布

　　　　　　上浆的亚麻布

　　　　　　［杂耍耸肩

　　　　　　加里波第对外孙女

　　　　　　不一定非得丝绸

　　　　　　我的孩子

　　　　　　浆洗过的亚麻布

外孙女　　浆洗过的亚麻布

加里波第　　［对小丑

　　　　　　给我

　　　　　　让我看一下

166

把帽子拿过来我看看

[小丑把帽子递过来，加里波第打量着帽子

丝绸

丝绸

这顶帽子的确太宽大了

一顶过于宽大的帽子

亚麻布

亚麻布

浆洗过的亚麻布

我可以想象

一顶亚麻布做的帽子

上浆的亚麻布

就能在脑袋上

待得住

[去抓小丑的头

在这个脑袋上待得住

帽子

稳当地待在脑袋上

用上浆的亚麻布做的帽子

[还给小丑帽子

小丑把帽子戴上

自然是一顶亚麻布帽子

[小丑倒退着

亚麻布做的帽子

上浆的亚麻布帽子

[小丑坐下

明天在奥格斯堡

在奥格斯堡明天

亚麻布

上浆的亚麻布

[对外孙女

帽子上浆的

明天在奥格斯堡

我的孩子

在奥格斯堡

[小丑的帽子又掉了

加里波第大声喊

戴上

戴上帽子

戴上帽子

[小丑戴上帽子

加里波第对杂耍

疯癫

怪癖

破坏人身体的病毒

杂　耍　［重复

病毒

加里波第　病毒

　　　　　［拍打自己的背部

　　　　一切

　　　　都在反对排练

　　　　反对我

　　　　［大声地

　　　　你们大家都反对我

　　　　我要把你们通通赶走

　　　　［双手抓住腰部

　　　　越往北

　　　　痛得越厉害

　　　　［对杂耍

　　　　奥格斯堡到底有没有

　　　　治疗风湿病的

　　　　专家

　　　　奥格斯堡

169

这个臭气熏天的让人恶心的破地方

这个莱希河的阴沟

[对外孙女

你今天就得给我上药

我的孩子

从下往上

你懂吗

慢慢地从下

往上

摇晃药瓶

把药水摇匀

杂　要　　[对外孙女

擦脊背的药水

用前

应该摇匀

加里波第　摇晃

摇晃

你懂吗

杂　要　　[对加里波第

这种治疗风湿病的药水

使用前必须摇晃

加里波第　　［对杂耍

要么我还是

让我侄子给我上药

他的厚厚的大拇指根

那强健的大块肌肉

揉着脊背那叫舒服

［对外孙女

你的手像鸡爪子

鸡爪子

不行

［对杂耍

那强健的大块

大拇指根部肌肉

您知道吗

我侄子的

［小丑在低音提琴上拉出多个长低音

加里波第对杂耍

我侄子

擦药按摩

那是没得说

可是除此以外

171

就干什么都不行

[外孙女拉中音提琴

小丑也在他的低音提琴上拉出多个音

加里波第对杂耍说

这种肌肉发达的大拇指根

您知道吗

这个没有教养的人

总习惯

在钢琴上

在敞开的钢琴上

吃那些大块的白萝卜

[杂耍在小提琴上拉了几个音，同时小丑和

外孙女仍然没有停止拉琴

加里波第突然地

这简直叫人无法忍受

钢琴总是走调

还有让人作呕的臭萝卜气味

[大家停住拉琴的手

弦乐器

弦乐器

[喊起来

在奥格斯堡

到底

有没有钢琴调音师

让这样一个

完全没有音乐感觉的人

坐到钢琴前

也是出于无奈

[对杂耍

把钢琴当作啤酒桌子

当作用餐垫盘

没完没了地

大嚼白萝卜

[在大提琴上拉一长低音，对杂耍

天才也不是天上掉下来的

也要通过实际经验

这样下去能搞出个什么名堂

可怕呀可怕的

危险的习惯

[在大提琴上拉一长低音

空气中

总是弥漫着讨厌的

173

臭气熏天的萝卜味

一切都散发着臭萝卜味

杂　耍　　臭萝卜味

小丑和外孙女　臭萝卜味

加里波第　［在大提琴上拉出一长低音

畜生

野杂种

从劳教营里

抱出来的

一年又一年

小心呵护着

把他养大

说是有证据表明

他跟我们沾亲带故

［对杂耍

他感兴趣的事

就是给自己

弄萝卜来吃

杂　耍　　他吃的萝卜

可以堆积成山了

加里波第　白萝卜

174

[小丑和外孙女又在乐器上拉几下

啤酒白萝卜

这是什么搭配

这等于人与禽兽淫乱

这等于人与禽兽淫乱

[对杂耍

啤酒白萝卜

人与禽兽淫乱

您懂吗

[在大提琴上拉一长低音，与小丑和外孙女

的琴音混合在一起

伤天害理啊

伤天害理啊

[突然弹拔大提琴并喊道

难道我们就只能忍受

让这个人

每天破坏我们的排练

[小丑让帽子滑落到脸上

出这主意

真是疯癫透顶

[小丑又戴上帽子，用双手紧紧护住，低音

175

提琴夹在腿间

同时外孙女瞪着眼睛看着杂耍

你坐在那儿

瞪着眼睛看他干什么

[对杂耍

这孩子

对您这个人

着了迷

这伤害她的艺术

[对外孙女

就知道傻愣愣盯着杂耍看

别的什么都荒废了

走钢丝也马虎了

就知道盯着杂耍看

中音提琴也不练习啦

一门心思看着杂耍

不去解算术题了

裤子扣子

也忘记缝上了

不学好的东西

你个倒霉孩子

明天在奥格斯堡

我把那些无聊的烂书都买来给你读

让你背诵它们

看你还有没有时间瞪着眼睛

看杂耍

[对杂耍

杂耍先生

您没有权利

利用我外孙女的

愚蠢和无知

[小丑的帽子又滑了下来

加里波第隔着小丑对杂耍说

得把他的帽子

缝到一根绳子上

把绳子在他的下巴下边

系紧

[对小丑

把帽子缝上一根绳子

在你嘴巴下边系紧

帽子就再不会

往下掉了

帽子

杂　耍　［对加里波第

但是加里波第先生

事情是这样

每逢他的帽子

从头上掉下来

观众都会乐得笑起来

［小丑大声笑起来

外孙女跟他一块儿乐

加里波第　哦是这样

当然

是这样

［拉一下大提琴

杂耍咳嗽

加里波第对杂耍

麦芽

您听见了吗

麦芽止咳糖

［杂耍咳嗽

明天在奥格斯堡

关于帽子

杂　耍　[对加里波第

让步和妥协

是需要的

加里波第　让步

让步

杂　耍　怎样让步呢

[小丑在低音提琴上拉出一声响

外孙女在中音提琴上拉出一声响

小丑和外孙女在他们的提琴拉出多个音

杂耍对加里波第说

这很简单

加里波第　很简单

杂　耍　在表演场上

如果这样一根绳子

缝在他帽子上的话

加里波第　如果这样一根

杂　耍　如果这样一根绳子

真的缝在了他的帽子上

他可以不把它系紧

加里波第　　以便帽子

　　　　　　〔示意帽子掉落

　　　　　　能够滑落

　　杂　耍　对

　　　　　　以便帽子

　　　　　　能够滑落

　　小　丑　能够滑落

加里波第　　能够滑落

　　杂　耍　能够滑落

　　小　丑　能够滑落

　　杂　耍　但是在您面前

　　　　　　加里波第先生

　　　　　　他就把帽子绳

　　　　　　拉紧

　　　　　　系牢

　　　　　　拉紧

加里波第　　拉紧

　　杂　耍　〔演示系牢帽子的过程，拉紧绳子的情形

　　　　　　系牢

　　　　　　您看

加里波第　　系牢

小　丑　系牢

　　　　［外孙女笑起来

杂　耍　上场表演时

　　　　小丑不把帽子绳

　　　　系牢

　　　　他不上场

　　　　来到您面前

　　　　加里波第先生

　　　　他就把帽子绳系牢

加里波第　不系牢

杂　耍　系牢

加里波第　不系牢

杂　耍　系牢

　　　　系牢

加里波第　系牢

杂　耍　不系牢帽子绳

　　　　以便让它能掉落

加里波第　能掉落

小　丑　能掉落

　　　　［外孙女笑

　　　　小丑的帽子掉落，马上又戴到头上

181

外孙女又笑起来

加里波第 ［对小丑

当然

你上场表演

帽子

不系牢

不上场表演

你就把它系牢

［对杂耍

每逢我们排练五重奏

他就把帽子绳系牢

［对小丑

每当我们排练五重奏

你都要把帽子绳系牢

杂　耍 ［对加里波第

您看

很简单

他上场表演

就不系牢帽子绳

以便帽子能掉落

他不上场表演

就把帽子绳系牢

加里波第 ［突然对杂耍

他的帽子老是往下掉

真叫我无法忍受

［对小丑

上场表演时

你把帽子给我系牢

杂　耍 ［插言纠正

不系牢

以便帽子掉落

加里波第 以便帽子掉落

系牢帽子绳

杂　耍 不系牢帽子绳

加里波第 自然是不系牢

你不上场表演

就要把帽绳系牢

［对小丑

明天在奥格斯堡

一根绳子

杂　耍 最好是一种结实的细绳

加里波第 最好是一种结实的细绳

还要系牢

在下巴底下

在下巴底下

〔演示如何在下巴底下拉紧绳子，以便帽子

无法掉落

这样

你看见了吗

这样

系牢

杂　耍　系牢

　　　　要拉紧系牢

加里波第　拉紧系牢

　　　　拉紧系牢

杂　耍　拉紧系牢

加里波第　让帽子牢牢地待在头上

　　　　无法掉落

杂　耍　这样一来

　　　　也就没人笑了

　　　　他的整个演出

　　　　成功与否

　　　　就看他的帽子

是不是时常掉落

加里波第　［对小丑

你的帽子

老是往下掉

这是你演出的需要

是你成功的保证

杂　要　还有他自己随时随地

突然摔倒在地上

突然摔倒

加里波第　突然摔倒

突然摔倒

随时随地

杂　要　这是您的发明

加里波第先生

让他帽子掉落

让他随时随地

突然倒在地上

加里波第　摔倒

失掉帽子

帽子

摔倒

杂　耍　　交替着穿插着

　　　　　　帽子从头上掉落

　　　　　　他自己摔倒在地上

　　　　　　这是您出的点子

　　　　　　您的突发奇想

　　　　　　加里波第先生

　　　　　　[外孙女在中音提琴上拉一长音

加里波第　是我的突发奇想

杂　耍　　只不过重要的是

　　　　　　帽子

加里波第　帽子

杂　耍　　帽子要在恰当的时候

　　　　　　从头上掉落

加里波第　[生气地朝小丑喊

　　　　　　这非常重要

　　　　　　你听见了吗

　　　　　　[以琴弓威胁他

　　　　　　你听见了吗

　　　　　　[小丑让帽子从头上掉落，重又戴上，并用

　　　　　　双手紧紧护住

　　　　　　加里波第高高举起琴弓

186

这非常重要

重要

杂　要　重要

加里波第　非常重要

小　丑　重要

加里波第　[倾听着大提琴，拉出一长长的轻音

卡萨尔斯

再没有

返回他的祖国西班牙

[瞧着杂耍

再没有

您懂吗

再没有

[在大提琴上拉出一长长的轻音，然后对外

孙女

你呢

你那琴音调好了吗

调好了吗

你的听觉不好更要认真

[外孙女用琴弓逐一地拉着琴上各条弦

加里波第对小丑

还有你

到处晃悠

就是不调好你的琴

[对大家喊道

这都是什么乱七八糟的

呕哑嘲哳难为听

[对小丑

牙你不刷

琴你也不调

[对杂耍

只要他一张嘴

那令人作呕的气味

好在表演场挺大

否则就他那口臭

不知得把多少观众

让他给我熏跑了

刚才有多少观众

杂　耍　二十多人

加里波第　在二十多人前

表演

明天奥格斯堡

188

明天奥格斯堡

[小丑让帽子掉落，马上又戴到头上

加里波第对杂耍

不一样的节目

不一样的逗乐

不一样的动物

不一样的演员

完全不一样的演员
··

[在大提琴上匆匆拉出一高音

外孙女在中音提琴上拉出一低音

小丑在低音提琴上弹了多下

加里波第对小丑

我对你说过多少回了

刷牙

调好琴音

无论你先刷牙

还是先调你的琴

我都无所谓

给我拿过来

[小丑把低音提琴递给加里波第

加里波第拿过琴来弹拨着

189

对杂耍

音完全不对头

这琴的音完全不对头

[试着为低音提琴调音，弹了几下弦，对杂耍

您听听

您看看

您听听

[把低音提琴还给小丑

对杂耍

我始终痴心不改

坚持我的主意

疾病

通过疾病来治疗

通过死亡让生命得以强化

噪音

[杂耍弹拨他小提琴的弦

加里波第弹拨他大提琴的弦

卡萨尔斯从容不迫

卡萨尔斯

[杂耍弹拨他的小提琴

外孙女在中提琴上拉出三声急促的短音

190

杂耍弹他的小提琴

看得出来

您受过高等教育

上过大学

看得出来

[对全体在场者

前提自然是

要把乐器的音调好

我不愿意

成为不和谐的

见证者

我不相信

排练能顺利进行

[谈到驯兽师

让他来好了

让他尽管来吧

我的侄子

驯兽师先生

[对外孙女

把琴给我

[外孙女递给加里波第中音提琴

加里波第举起这把琴

中音提琴

Viola da braccio

[尝试调音

　杂　要　琴体侧板至关重要

加里波第　自然

琴体侧板至关重要

[在琴上弹拨几下

然后把琴还给外孙女

我每天都检查

你们的乐器

没有一个能把琴音调好

好像把舌头伸出来

是不可能的事情似的

真是不可思议

两盒松香

在奥格斯堡

　杂　要　按摩脊背的药水

加里波第　按摩脊背的药水

[对外孙女

我和你一起去莱希河边

让你

在莱希河上

说

三百遍

我必须自己为中音提琴调音

自然有些乐师

甚至于管弦乐团的乐师

甚至于交响乐团的乐师

也不会自己调他们的乐器

他们自以为

他们能够

但是他们根本就没有那种听觉

[外孙女在中音提琴上拉出几个音

加里波第对杂耍

这些所谓的交响乐乐师

其实他们都很弱智

不仅如此

他们的听觉也不健全

整个乐队都为此苦恼

[可以听到驯兽师来了

小丑的帽子掉落，马上又戴到头上

听听这脚步声

肯定又是酩酊大醉了

[大声地

这个人

又喝醉了

[驯兽师上场

杂　要　[与此同时对加里波第说

去奥格斯堡

将是一次不幸的旅行

加里波第　去奥格斯堡

明天奥格斯堡

[对杂要谈论站在门旁的驯兽师

一个喝醉了的侄子

分不清什么是钢琴

什么是啤酒桌

[对驯兽师

醉醺醺

臭气熏天

好像你的嘴巴

是个烂萝卜坑

[对杂要

194

这个人上场总是醉醺醺

他拿受伤作为借口

他最恨的

就是鳟鱼五重奏

他着迷的

是暴虐

[驯兽师从钢琴上拿起一直放在上面的一大

块萝卜朝加里波第走去

加里波第用琴弓推开他

对杂耍

令人讨厌的人

总扮演让人厌恶的角色

行尸走肉

[对外孙女

我们怎么总是与这样的人沾亲带故

与这样叫人不待见的人

成为姻亲表亲

或者兄弟姐妹

[对杂耍

把一个粗鲁愚昧的家伙

变成了一个人

甚至成了杂技演员

一位音乐艺术家

[在场的人从这时起越来越烦躁地弹拨着他

们的乐器，或者同样越来越不耐烦地拉着

他们的乐器，尤其是杂耍

加里波第朝四下看着

看起来好像今天排练是可能的了

[叫喊起来

排练仍然是不可能的

[瞧着驯兽师的脸

这个人又让排练泡汤了

总是这个人

害群之马

[驯兽师走到钢琴前坐下，用缠着绷带的胳

膊击打琴键

不知羞耻

坐在钢琴旁

破坏艺术的家伙

[对杂耍

破坏艺术的家伙

杂　耍　破坏艺术的家伙

[小丑让帽子滑到脸上，戴着滑到脸上的帽子停在那里

加里波第　破坏艺术的家伙

[驯兽师用缠着绷带的胳膊砸向键盘

破坏艺术的家伙

他祸害了艺术

[大声嚷着

钢琴旁那个败类

[对杂耍

竟然有这等人

您看看

这是人吗

[驯兽师用缠着绷带的胳膊两次砸向键盘

加里波第激动地对杂耍

几十年

几百年就这样被毁坏了

祸害艺术的家伙

杂　耍　祸害艺术的家伙

加里波第　这些畜生

在毁坏艺术

您听见了吗

197

艺术遭到了践踏

[驯兽师多次用缠着绷带的胳膊砸向键盘

我本该知道

这个家伙就是动物

[驯兽师用缠着绷带的胳膊多次砸向键盘，

越来越用力，最终索性就用肩膀砸

外孙女拉了几下中音提琴

小丑弹拨着低音提琴

杂　要　毫无疑问

没有教养

没有教养

毫无疑问

[驯兽师用双臂击打钢琴键盘

小丑的帽子掉下，马上又戴到头上

外孙女拉了两声中音提琴

加里波第　这孩子不懂得

这里演的是什么戏

[对杂耍

您看见了吧

我的外孙女

杂　要　一个听话的好孩子

[驯兽师又在钢琴上砸个不停，到处击打

杂耍大声嚷

多么可怕的场景

加里波第先生

加里波第　　多么可怕的场景

　杂　要　　状况

事态

状况

和事态

就是这个样子

加里波第　　徒劳一场

又是徒劳一场

[仿佛他已筋疲力尽，在大提琴上拉出长长

的一个声响

外孙女用中音提琴为他伴奏

加里波第突然抬起身来，对驯兽师

出去

滚出去

他必须滚出去

[更加厉声地

这头动物必须滚出去

滚出去动物

［杂耍站起来

走开

走开

这个家伙走开

这个动物滚开

滚开动物

［驯兽师终于支撑不住，他一头倒在钢琴琴

键上，两臂垂下

加里波第叫喊

滚开

滚开

滚开

［想站起来，没有能起来，又坐下去

外孙女在中音提琴上弹着

动物滚开

滚开动物

杂　耍　［退回一步

当然

加里波第先生

［走向驯兽师，抓住他的头发；转身朝着

小丑；小丑让帽子掉落，马上又戴到头上，
跳起来跑向驯兽师。杂耍和小丑抬起酩酊
大醉的驯兽师

他醉得

站不起来了

加里波第先生

加里波第　[停顿片刻

滚开

滚开

给我滚出去

　杂　耍　生活就是

消灭问题

加里波第　[对驯兽师以及一切充满厌恶地

滚开

滚开

滚开

[外孙女手中的琴跌落

杂耍和小丑与驯兽师一道往场下走

加里波第停顿一会儿，对外孙女说

你看见了吧

你听见了吧

你看见了吧

[外孙女惊恐地冲过去，与其他人一起下场。
加里波第缓缓地、吃力地站起来，把大提
琴靠在墙上，开始收拾乐谱架、乐器和扶
手椅，把它们或靠墙放着，或搬到角落里，
仿佛他想整理这里的一切——突然之间，
他加快了速度，动作越来越快，越来越匆
忙。当他清理了所有的扶手椅和乐谱架之
后，整个人瘫软地落座在靠背椅里，垂下
了头，说道

明天奥格斯堡

[他把身旁的收音机打开。里边响起鳟鱼五
重奏。五个小节

[剧终

以极端的夸张去认识和表现世界——代译后记

托马斯·伯恩哈德从写诗和散文作品开始，后来放弃了诗歌创作，以戏剧取而代之，并非偶然，其一，他那滔滔不绝的独白体叙述特点不适合诗歌，其二，1955—1957年他进入萨尔茨堡莫扎特音乐和戏剧艺术学院学习声乐、导演和话剧表演，这段经历对他后来的文学创作产生了重要影响。

《习惯的力量》（1974）是伯恩哈德第一部真正意义上的喜剧。主人公是年迈多病的马戏团老板，为了克服衰老和平庸的现状，决定让小丑、杂耍、驯兽师和走钢丝的外孙女和他一起排练演奏舒伯特的《鳟鱼五重奏》。二十多年里，他恩威并施，企图将这些人的兴趣从维持生计的马戏表演移开，转到高雅音乐上来，怎奈这些员工皆朽木不可雕，终归徒劳无功，每次排练都不了了之。在莎士比亚的戏剧里我们看到可怖的事物可以是很可笑的，伯恩哈德则告诉我们，可笑的事物反过来可以是很可怕的。拖着一只假腿、经常腰酸背痛的马戏班主，为了实现他一厢情愿的目标，每天胁迫他的员工占用本该苦练杂技的时间，演奏他们根本不懂、也不感兴趣的古典音乐名曲。为了让他们明白这样做的意义，他穿凿附会地卖弄从浪漫派大师诺瓦利斯那里搬过来的、连他自己也弄不懂的一些概念和术语，拉大旗做虎皮，吓唬他的员工。每次排练之于他们都是一场噩梦，这噩梦折磨了他们二十年，怪诞的做法逐渐变成了马戏团的常规，目的不见了，习惯掌握了权力。在员工面前，暴戾恣睢的马戏团老板最终也成了习惯力量控制的奴隶，他承认他也不愿意练习演奏，但他必须这样做。他经常挂在嘴边的"明天奥格斯堡"，随着时间的推移已不是激励自己和员工勤学苦练的口号，而只是流于形式，甚至内容也发生了变化，到奥格斯堡已不再是要去演出《鳟鱼五重奏》，而是去买松香、琴弦和搓腰背的药水。这位色厉内荏的马戏团老板辜负了他那与意大利民族英雄相同的姓氏——"加里波第"，到头来成了一个可笑又可怜的失败者。

该剧首演后被评为年度最佳，主人公扮演者米奈蒂被评为年度最佳男演员。

《总统》（1975）看上去像一出纯粹的政治剧，实际上只不过外壳如此而已，内里表现的仍然是伯恩哈德作品持之以恒的主题之一：如何坚持和实现自我。动荡在追求和失败之间，在无上权势和胆怯恐惧之间的生存状态是既可笑又可卑的。戏的情节发生在总统私人生活环境里，总统是个政治暴发户，出身贫微，依靠钻营和奋斗，攀登上政治生涯的高峰，然后立刻把作为登顶阶梯利用的结发妻子抛在一边，公开与女演员约会、外出度假。被他斥为变态的妻子在精神上和肉体上分别依附于神父和肉铺老板。他们唯一的儿子离家出走，加入了无政府主义者的行列，行刺国家和政府首脑和高官。最近一次行刺，总统幸免于难，他的心腹卫士丧命。夫人的爱犬、她的心肝宝贝因惊骇过度而死亡。戏的前两场，总统及其夫人在洗浴和化妆，在他们洁身、打扮和着装的过程中，虽然总统在与按摩师说笑，总统夫人对用人颐指气使，但惊恐一直与其相伴。总统夫人看着空狗筐说，我们都恨他（指总统），他折磨我们，折磨所有的人。但她仍然享受着身为总统夫人的地位和荣耀，虽然嘴上说当总统夫人如何不易。

葬礼之后，心有余悸的总统和情人躲避到国外，在风景如画的海滨城市过着挥金如土的奢侈生活。总统教导女演员，艺术之路与政治之路一样，也是以肆无忌惮和残忍铺设起来的，他安慰她说，在剧院演不上主角没关系，好得很，你就可以在我这里演主角，跟我，跟国家元首周游世界，你是我知道的最伟大的演员。虽然不能安全地留在

205

自己的国家里，但在异乡有女演员在身边，他仍然感到了作为总统拥有的无上权力。扬言要报复，要不择手段实现最高目标的总统，不久便成为葬礼的主角，躺在了灵堂的棺柩里。权力既有诱人的光环，也有难以抗拒的腐蚀。极权必然导致崩溃。事实证明，总统周围的世界并非如他所说都是垃圾和粪土，失去健全理智的是他自己。

伯恩哈德最后一部戏剧是《英雄广场》（1988）。数学教授、犹太人舒斯特在奥地利于1938年并入纳粹德国之后，举家流亡英国。对故乡之思念，加之维也纳市长力邀他回国任教，他返回了奥地利，在维也纳英雄广场旁安家落户。当他发现，距希特勒在维也纳英雄广场发表讲演已过去五十年了，但是他的同胞的情感和观念并没有改变，他决定再次流亡伦敦；最终他认识到，无论在英国还是在维也纳，都再也找不到在家的感觉了。于是，虽然已清理房舍，打点行装准备再去牛津执教，但他改变了主意，跳楼自杀了。这出戏从舒斯特一家举行完葬礼后走在回家的路上开始，后来在已经卖掉了的公寓房里，他的妻子、他的弟弟罗伯特教授，还有儿子和两个女儿，在管家和女仆准备的午餐桌旁坐下来，话题围绕着为什么舒斯特最后走上了这条道路。午餐还没有结束，舒斯特教授妻子一头栽到餐桌上停止了呼吸，因为她耳边响起了英雄广场上民众欢呼希特勒的声响，并且越来越强烈，她终于无法忍受，发病身亡。

这不是一出简单的政治剧，或者说不是那种黑白分明的说教剧，主人公舒斯特教授是一个性格很复杂的人物，他思维敏捷，目光犀利，是颇有学术专长的学者，是受学生追捧的教授。但同时他又是不折不扣的家庭暴君，他自私、专横，视儿女为妖魔，因岳母是演员便百般冷落和歧视妻子。身体有病的妻子成了他的累赘，而女管家却成为他的至爱亲朋和生活伴侣。他身上也有极权主义的思想和行为，纳粹的受害者也受到害人者语言的影响，他和他的兄弟罗伯特教授的不少话语让人想到希特勒《我的奋斗》中的语言。伯恩哈德的目光能穿透面具，他曾写道："所有的人都是怪物，只要他们脱掉外壳。"由此我们看到，伯恩哈德对奥地利掩饰过去、没有深刻反思历史这个问题的批判是多层面的，是辩证的。然而，这个有话不好好说、敢于直截了当出重拳批评奥地利的伯恩哈德，注定再次闯下了大祸。这出戏还在排练中，便因媒体泄露出内容片断而引起轩然大波，上至国家前总理、政党首脑，下到普通民众，都对这出戏口诛笔伐，扬言要把作者驱逐出境，甚至以牢狱和死亡相威胁。与此同时，某些文化艺术部门、一些作家和部分媒体支持这个戏，主张应该让它照常公演。1988年11月4日，在推迟了数日后，《英雄广场》终于在城堡剧院首演，观众十分踊跃，剧场观众席不时出现代表不同观点的横幅，经常同时出现的嘘声和掌声常常使演出中断，中间休息时观众仍然在激烈地争论，两个半小时的戏持续了近五个小时，演出结束时观众的掌声、喝彩声长达二十多分钟。当时的新闻记者、后来的文学评论家勒夫勒女士写道："整个奥地利成了一出托马斯·伯恩哈德喜剧，这是一出伯恩哈德都难以设想的、最居心叵测、最狡猾、最具揭露性的喜剧，整个奥地利是舞台，所有奥地利人是配角，主角坐在巴尔豪斯广场（政府所在地）、坐在报社编辑部和政党中心。"特别具有讽刺意味的是，伯恩哈德写在《英雄广场》里那些极其夸张的话语，与它们引起的这场现实的闹剧相比，不仅谈不上夸张，反而显得缩手缩脚，苍白无力了。

1988年，这是奥地利的"反思年"。在奥地利，右派政党影响增强，瓦尔德海姆在其纳粹军官历史背景被揭露后，仍然被选为总统，他公开表示"当年他只不过是履行义务"，"决不辞职"。

《英雄广场》的巨大成功，是作者和导演始料不及的，人们争相买票观看，尽管必须有警察荷枪实弹维持秩序，演出仍然场场爆满。

伯恩哈德把他的国家对待历史的态度坚持作为他创作的重要主题，因此人们害怕他，说他不仅去统计和点数埋在地下的尸体，而且对散发到地上的气味也不放过。

伯恩哈德揪住这个问题不放，而且直言不讳，这种"狂妄、傲慢无礼的行径"自然遭到仇视。然而他的作品产生了社会作用。1991年奥地利政府决定对"二战"中遭受迫害的犹太人予以补偿，1993年维也纳城堡剧院在耶路撒冷参加了以色列狂欢节活动，演出了由克劳斯·派曼执导的、伯恩哈德的戏剧《里特尔、德纳、福斯》，1994年总理弗拉尼茨基率政府代表团访问以色列，第一次在公开讲话中正式承认奥地利对"二战"纳粹的罪行也负有责任。

2011年，奥地利在纪念伯恩哈德诞辰八十周年之际，包括当年那家带头围剿伯恩哈德的《新皇冠报》都改变了态度，媒体称伯恩哈德为奥地利当代文学的杰出代表。国内外多个剧团在上演他的《英雄广场》《习惯的力量》等剧目。

今天人们到剧场看《英雄广场》这出戏，当然不会再像当年那样情绪激动了，今天人们会感叹作家对人物的刻画，佩服作家的胆识和魄力，他把大多数人已经习以为常的观点和行为方式通过歪曲和夸张让他们受到惊扰，甚至让他们反感和愤怒，同时也使本来就感到不舒适、长期受压抑但不知道原因是什么的人顿时豁然开朗，并找到了表达的语言。他的夸张艺术归根到底是为了更准确地观察和

209

认识这个世界。

奥地利前驻华大使博天豪说，伯恩哈德运用艺术夸张强调了我们国家和民族的阴暗面，把我们奥地利人从舒适和享受中唤醒，推动我们去深入地思考，这正是艺术的重要价值所在。

伯恩哈德通过艺术夸张手法往往能够更准确看清这个纷乱、怪诞的世界。1966年他写道，"我们将融入一个欧洲，这个欧洲可能在另一个世纪出现"，果然一个统一的欧洲出现了。1988年在《英雄广场》里，通过主人公舒斯特教授，他判断说，"中国将主宰世界"，"亚洲的时代已经开始了"。我们不知道伯恩哈德对中国有多少了解，但他清楚西方世界面临的问题。中国在世界因金融危机经济普遍衰退的情况下，持续保持强劲发展的势头，综合国力日益增强，在全世界后危机时代起到中流砥柱的作用，从这个意义上讲，伯恩哈德的话是颇有见地的。

总之，托马斯·伯恩哈德的作品让人们看到，在一个精神受到普遍蔑视的时代，注重精神的人遭受的痛苦。他通过夸张的艺术手段来实施拯救，把可怕的事物极端化，让它变得滑稽可笑，以便使人们能够忍受。伯恩哈德的作品始终着力表现注重精神的人永远也不会被人真正地理解的处境——永远是孤家寡人，同时他也没有忽视，在注重精神的人周围，人们会感到冷得发抖。如果说，在塑造舒斯特教授这个人物时，伯恩哈德想到的是路德维希·维特根斯坦，那么在他兄弟罗伯特教授身上很明显有作家自己的影子。这表明，伯恩哈德犀利的批判目光并没有漏掉注重精神的人，包括他自己。

伯恩哈德的作品常常是开放的、多义性的，我对上述作品的解读只是一家之言，仅供参考。

马文韬

2011 年春于芙蓉里

托马斯·伯恩哈德生平及创作

1931 托马斯·伯恩哈德生于荷兰海尔伦。母亲赫尔塔·伯恩哈德与阿洛伊斯·楚克施泰特未婚怀孕。赫尔塔于1930年夏离开奥地利，到荷兰打工做保姆，1931年2月9日生下托马斯。操木匠手艺的生父不承认这个儿子，逃脱责任去了德国。这年秋天，母亲将托马斯送到维也纳她父母家里。

1935 外祖父母迁居奥地利萨尔茨堡州的泽基尔兴，外祖父约翰内斯·弗洛伊姆比希勒是位作家，很喜欢托马斯这个外孙。

1936 母亲赫尔塔与理发师埃米尔·法比安在泽基尔兴结婚。

1937 继父法比安在德国巴伐利亚州找到工作，母亲带托马斯随后也到了那里。

1938 生父楚克施泰特与他人结婚。母亲生下彼得·法比安，托马斯的同母异父弟弟。

1940 母亲生下苏珊·法比安，托马斯的同母异父妹妹。

生父楚克施泰特在柏林自杀。

1941	母亲与托马斯不睦，托马斯作为难以教育的儿童被送到特教所。
1943—1945	在萨尔茨堡读寄宿学校，经历了盟军对萨尔茨堡的轰炸。
1946	法比安一家被逐出德国，移居萨尔茨堡。一大家人包括外祖父母，挤在拉德茨基大街两居室单元房里。托马斯读高级中学。
1947	托马斯辍学，在萨尔茨堡贫穷的居民区一家位于地下室的食品店里当学徒。
1948—1951	托马斯患结核性胸膜炎，后来加重发展成肺病，在多处医院住院治疗，在寂寞、无聊，甚至绝望中，他开始了阅读和写作。
1949	外祖父去世。
1950	结识斯塔维阿尼切克医生的遗孀——比他大三十七岁的黑德维希·斯塔维阿尼切克女士，她直至1984年逝世始终支持伯恩哈德的文学活动。通过这位居住在维也纳的挚友，正在开始写作的伯恩哈德接触了奥地利首都的文化界。伯恩哈德在他的散文作品（亦称小说）《维特根斯坦的侄子》中借助主人公"我"说，"我有我的毕生恩人，或者说我的命中贵人，在外祖父去世后她是我在维也纳最重要的人，是我毕生的朋友……坦白地讲，自从她三十多年前出现在我身旁那个时刻起，可以说我的一切都归功于她"，这就是伯恩哈德对这位女士的评价。伯恩哈德的母亲去世。

214

1952	发表文学创作处女作：诗歌《我的一块天地》，刊登在《慕尼黑水星报》上。
1952—1955	通过著名作家卡尔·楚克迈耶的介绍，担任萨尔茨堡《民主人民报》自由撰稿人。与斯塔维阿尼切克女士一起到意大利威尼斯、南斯拉夫等地旅行。
1955—1957	在萨尔茨堡莫扎特音乐学院学习声乐和表演。
1957	发表第一部著作：诗集《世上和阴间》。
1960	参加戏剧演出。
1963	散文作品《严寒》由德国岛屿出版社出版，引起德语国家文学评论界的注目，报界认为这是文学创作一大重要成就。到波兰旅行。
1964	发表短篇《阿姆拉斯》。获尤利乌斯·卡姆佩奖。
1965	在上奥地利州的奥尔斯多夫购置一处旧农家宅院，后来又在附近购置两处房产，整顿和装修持续了几乎十年。由于伯恩哈德的身体状况，医生要他经常去欧洲南部有阳光和空气清新的地方，实际上他很少住在奥尔斯多夫这一带，但是这些地方成为他作品里人物活动的中心。获德国自由汉莎城市不来梅文学奖。
1967	发表长篇《精神错乱》。获德国工业联邦协会文化委员会文学奖。由黑德维希·斯塔维阿尼切克女士资助，伯恩哈德住进维也纳一家医院治疗肺病。从此黑德维希伴随伯恩哈德经历了他生活中的喜怒哀乐。她成为伯恩哈德生活的中心，反之亦然。在《历代大师》中，主人公雷格尔回忆妻子的许多话语反映出伯恩哈德与她之间的关系。

1968	发表散文作品《翁格纳赫》。获奥地利国家文学奖和安东·维尔德甘斯奖。
1969	发表散文作品《玩牌》、短篇集《事件》等。
1970	第一个剧本《鲍里斯的节日》由德国著名导演克劳斯·派曼执导，在汉堡话剧院首演，之后德语国家许多知名剧院都将该剧纳入演出计划。后来派曼应邀到维也纳执导多年。伯恩哈德的杰出戏剧成就在某种程度上得益于这位导演的艺术才华。同年发表散文作品《石灰厂》。获德国文学最高奖毕希纳奖。
1971	到南斯拉夫举行朗诵作品旅行。发表散文作品《走》和电影剧本《意大利人》。
1972	由派曼执导的《无知者和疯癫者》在萨尔茨堡艺术节首演，由于剧场使用方面的一个技术问题与萨尔茨堡艺术节主办方发生争执，该剧被停演。获弗朗茨·特奥多尔·乔科尔文学奖和格里尔帕策奖。退出天主教会。
1974	戏剧作品《狩猎的伙伴们》在维也纳城堡剧院上演。《习惯的力量》在萨尔茨堡艺术节上首演。获汉诺威戏剧奖。
1975	自传性散文作品系列第一部《原因》问世。戏剧作品《总统》首演。发表散文作品《修改》。
1976	戏剧作品《著名人士》《米奈蒂》首演。发表自传性散文作品《地下室》。获奥地利联邦商会文学奖。萨尔茨堡神父魏森瑙尔把伯恩哈德告上法庭，指控《原因》中的人物弗朗茨是影射他，玷污了他的名誉。

1978　发表剧本《伊曼努尔·康德》、短篇集《声音模仿者》、散文作品《是的》(即《波斯女人》)，以及自传性散文作品《呼吸》。

1979　伯恩哈德以戏剧作品《退休之前》参加关于德国巴登-符腾堡州长是否具有纳粹背景的讨论。在联邦德国总统瓦尔特·谢尔被接纳进德国语言文学科学院后，伯恩哈德宣布退出该科学院，不再担任通讯院士。

1980　德国波鸿剧院首演《世界改革者》。

1981　戏剧作品《到达目的》首演。发表自传性散文作品《寒冷》。

1982　发表长篇散文作品《水泥地》《维特根斯坦的侄子》，以及自传性散文作品《一个孩子》。戏剧作品《群山之巅静悄悄》首演。

1983　散文作品《沉落者》问世。

1984　戏剧作品《外表捉弄人》首演。发表散文作品《伐木》引起麻烦，由于盖哈德·兰佩斯贝格声称名誉受到该作品诋毁而起诉了作者，该书被警方收缴。翌年兰佩斯贝格撤回起诉。进入 1980 年代，黑德维希·斯塔维阿尼切克健康状况变坏，1984 年病故，在维也纳格林卿公墓与其丈夫埋葬在一起。

1985　发表长篇散文作品《历代大师》。萨尔茨堡艺术节上演《戏剧人》。

1986　戏剧作品《就是复杂》在德国柏林席勒剧院首演。萨尔茨堡艺术节上演《里特尔、德纳、福斯》。发表篇幅最长的、最后一部散文作品《消除》，一出奥地利社会的人间戏剧，主人公的出生地沃尔夫斯埃格成为奥地利历史的基本模式。

1987　发表剧作《伊丽莎白二世》。

1988　由派曼执导的伯恩哈德的话剧《英雄广场》提醒人们注意50年前欢呼希特勒的情景并没有完全成为过去，由于剧情提前泄露引起轩然大波，奥地利第一大报《新闻报》抨击该剧"侮辱国家尊严"，某位政治家要求开除剧本作者的国籍，部分民众威胁作者和导演当心脑袋，演出推迟三周后才冲破重重阻力，于11月4日在维也纳城堡剧院首演，演出盛况空前，引起欧洲乃至世界的关注。

1989　2月10日伯恩哈德在遗嘱上签字，主要内容是在著作权规定的70年内禁止在奥地利上演和出版他已经发表的或没有发表的一切著作。由于长期患肺结核和伯克氏病，并出现心脏扩大症状，加之呼吸困难和心力衰竭，2月12日伯恩哈德在上奥地利州的格蒙登逝世。2月16日遗体安葬在维也纳格林卿公墓，与其命中贵人黑德维希·斯塔维阿尼切克女士及其丈夫葬在一起。

文
景

Horizon

社科新知　文艺新潮

习惯的力量

[奥地利] 托马斯·伯恩哈德　著

马文韬　译

出 品 人：姚映然
责任编辑：高晓明
营销编辑：杨　朗
装帧设计：XYZ Lab

出　　品：北京世纪文景文化传播有限责任公司
　　　　　（北京朝阳区东土城路8号林达大厦A座4A　100013）
出版发行：上海人民出版社
印　　刷：山东临沂新华印刷物流集团有限责任公司
制　　版：南京展望文化发展有限公司

开 本：787mm×1092mm　1/32
印 张：7　字 数：119,000　插 页：2
2024年4月第1版　2024年4月第1次印刷
定 价：75.00元
ISBN：978-7-208-18359-9/I·2093

图书在版编目（CIP）数据

习惯的力量 /（奥）托马斯·伯恩哈德
(Thomas Bernhard) 著；马文韬译. —上海：上海人
民出版社,2023
书名原文：Die Macht der Gewohnheit
ISBN 978-7-208-18359-9

Ⅰ.①习… Ⅱ.①托…②马… Ⅲ.①喜剧—剧本—
奥地利—现代 Ⅳ.①I521.35

中国国家版本馆CIP数据核字（2023）第113386号

本书如有印装错误，请致电本社更换　010-52187586